ラルーナ文庫

黒豹中尉と
白兎オメガの恋逃亡

淡路 水

三交社

CONTENTS

Illustration

駒城ミチヲ

黒豹中尉と白兎オメガの恋逃亡

本作品はフィクションです。
実際の人物・団体・事件などにはいっさい関係ありません。

見上げると、どこまでいっても雲ひとつない青空を様々な色の飛行船が行き来しているのが目に入ってくる。まるで船が広く青い海を駆けていくような光景。

そこから視線を下ろすと、今度は氷河が削り取った険しいフォルムの山頂が見え、さらにその下に今度は美しい緑をまとった山裾《やますそ》が広がっていた。

ピュウ、と鷹《たか》が鳴くような鋭い音が聞こえ、強い風が吹く。

季節を問わず吹くこの強風はときおり大きな嵐《あらし》を引き起こすので実に旅びと泣かせだが、これが新鮮な空気をもたらし、この地域独特の乾燥しすぎることのないからりとした爽《さわ》やかな気候を作る重要な役割を担っている。

ここはイオの国の首都アーラから遠く離れた町ルイニア。

隣国ラネルとの国境近くにある街道の町である。

イオとラネルとの間には標高はけっして高くないが長く横たわるウッツ山脈があり、このウッツを越えるとラネルの国であった。

山岳地域なため、鉄道はもちろんだが山越えに便利な飛行船や、鉄道が入れない場所には小回りのきくジャイロコプターが活発に行き来していて、別名を航空の町とも言われている。

今日も空のあちこちを鳥が舞うように色とりどりの乗り物が飛び回っていた。

またルイニアは国境近くとあって貿易も盛んであり、ここで準備を調えウッツ越えに臨む者も多く、そんなことからなんといっても宿屋が多い。街道にずらりと並んだ宿屋の前では客引きがしきりに声をかけていた。

しばらく凪《な》いでいた風が再び甲高い叫び声を上げはじめる。

「おいおい、これじゃあ商売あがったりだ」

「この様子じゃ、当分やみそうにねえな」

「まったくだ。飛行船もこれじゃあ着陸できないだろうよ。まあ、風が弱くなるまでのんびりしとこうぜ」

客引き同士がそんな会話を交わしながら、ばたつく服の裾を気にして宿の中へと引っ込んでいく。

そんな客引きたちにはおかまいなしとばかりに、クロエは長いウサギの耳を揺らし、大きな荷物を抱えて歩いていた。

「あー、もう、こう風が強いのは勘弁して欲しいな。耳が痛いったら」

しかめっ面をしながら溜息《ためいき》をつく。

荷物を持っているから大事な耳にまで気を遣えない。早く帰らなくちゃ、と歩くスピードを速めた。

クロエはウサギとヒトの亜人だ。耳と尻尾《しっぽ》はウサギのものだが、他はヒトの性質を持っている。亜人にはきれいな子が多いという巷《ちまた》の俗説を裏づけるかのように、クロエは誰《だれ》から見てもきれいな青年だった。瞳《ひとみ》はルビーにも似た艶《つや》やかな赤い色、また肌の色は雪と同じように白い。その整った容姿は道行くひとの目を惹《ひ》きつけた。

「おう、クロエじゃねえか。どうしたそんな大荷物」

声をかけたのはテダというヤギ属の男だ。彼は高山ガイドでよくルイニアにやってくる。彼が常宿にしているのが、クロエが働いている新月亭《しんげつてい》という小さな宿屋で、だからクロエとも顔見知りなのだった。

「あっ、テダさん。ちょっとね、ミュカのお使い。中央通りに新しいお菓子屋さんができて、そこのナッツケーキが美味《おい》しいっていうもんだから」

ミュカというのはその新月亭のおかみだ。

「ナッツケーキ？　それだけでその大荷物か？」

はあ？　と怪訝《けげん》な顔をするテダに苦笑する。

テダのその顔も当然だ。たかがお菓子の買い物だというのに、クロエは大きな紙袋を抱えているだけでなく、さらにいくつもの手提げ袋を持っているのだから。大荷物も大荷物で知らないひとが見たら、なにをそんなに買い込んだのだろうと思うはずである。

「もちろんナッツケーキだけじゃないよ。ほら、ミュカはテダさんも知っていると思うけど相当の甘党だから」

それを聞いてテダは「ああ」と納得したように頷《うなず》いた。

ただの宿の客のテダでも納得してしまうほど、新月亭のおかみであるミュカの甘党っぷりは知られたところで、甘いものがないと機嫌が悪いと噂《うわさ》にもなっているほどだ。

今日もクロエはテダに説明したように、ミュカの使いで、ナッツケーキだのクッキーだのキャラメルヌガーだのを買いに行ってきた。買い物袋がてんこ盛りになるほど買い込んだのは、この強い風のせいだ。

ミュカは強風に引き続いて、嵐がやってくると予測していて、しばらく買い物にも歩けないだろうからとクロエを使いにやったのだ。

ミュカの天気予報は当たる。だからクロエも素直に言いつけを聞いて買い物に出かけた。

「そんだけ買い込んだってことは……じゃあ、当分はルイニアに泊まるはめになるってことだな」

「たぶんね。風にちょっぴり湿気が混じってるらしいよ」

俺にはさっぱりわかんないけど、と肩を竦《すく》めると、テダは少し、ふうん、と考え込む素振りを見せ、そうして顔を上げた。

「わかった。……そういうことなら、俺もさっさと新月亭に行っちまおう。ひと仕事終わってからと思ってたが、嵐が来てからじゃあ宿も取れなくなっちまう。――そら、半分持ってやるから、貸しな」

「ありがとう。じゃあ、お願いしていいかな」

「任せておけ。そっちのもよこしな」

テダはクロエから荷物を半分どころかほとんど受け取り、一緒に新月亭へと向かった。


「ただいま。風が強くなってきたよ」

クロエは新月亭のドアを開けるなり、中へ向かってそう言った。

新月亭は建物はこぢんまりとしているが、とても手入れが行き届いたきれいな宿屋である。入り口のドアにはセンスのいい可愛《かわい》らしい看板が掲げられていて、やってくる旅びとを和ませている。

クロエの声におかみのミュカが出迎えてくれた。

「おかえり、クロエ。たくさん頼んで悪かったわね」

ミュカはネコ属の女性だ。とてもきれいなひとだが、年齢は不詳だ。誰に聞いてもわからないと言う。けれど、昔からルイニアの美人の名物おかみと評判である。

「ううん。途中でテダさんに会って、荷物を持つのを手伝ってくれたから。――ありがとう、テダさん」

　クロエが後からやってきたテダのほうへ振り返って礼を言った。

「いいってことだ。お安いご用だよ」

　テダは「ここに置くぞ」と持っていた買い物袋の数々をテーブルの上に置く。

「あら、テダさん。いらっしゃい。すまなかったわね」

「いや。たいしたことじゃない。それよりクロエに会ったおかげで嵐が来そうだとわかってよかったよ。それで部屋は空いてるかな？」

「ええ、今はまだ大丈夫。あと数時間もしたら雨が降ると思うから、早く来てもらってよかったわ。いつもの時間だときっと空いてなかったかもしれないね」

　にっこり笑ってミュカが言う。テダはホッとしたようにクロエのほうへ目をやった。

「クロエに会えてラッキーだったな。宿を取りはぐれなくてすんだよ」

「そりゃよかった。雨が降ってからだとどこもいっぱいになっちゃうもんね」

「ああ。この前、ここがダメで仕方がなく飛行船乗り場近くにできた新しい宿に泊まったんだが、ひでえもんだった。高いわ、メシはまずいわ、壁はぺらっぺらの薄さで隣の部屋の物音がガンガン聞こえやがる。おかげでまったく休めなかった。ありゃぼったくりもいいとこだな」

「へえ、そうなんだ」

ふうん、とクロエが呟《つぶや》くように言うと、ミュカがしかめっ面をしていた。

「あそこはダメよ。組合にも入らないろくでもないところだからね。見てくればっかりで張りぼてみたいな建物だって話。まあ、この風で吹っ飛んでいくんじゃないの」

新興の競争相手に容赦のない冷たい言葉を吐き、ミュカはフン、と鼻を鳴らした。テダが泊まったという宿は近頃このあたりでも噂になるほど評判が悪いのだが、あろうことか宿の名前が《半月《はんげつ》の宿》といって、この新月亭と似てなくもない。おかげでこの新月亭もときどきとばっちりをくって、クレームを入れられることがあるのだ。

そのせいでミュカは少々おかんむりだった。

「そんなにむきにならなくてもいいじゃない。いくらときどき間違われるからって」

クロエはクスクスと笑う。

「それが腹が立つっていうのよ。あんなとこうちと一緒にされたらたまったもんじゃないの。あーあ、まったく最近はろくでもない輩《やから》が多くて嫌んなるわ」

「そうだったのか。なに言ってんだ。あんなとこと、ここととは大違いだ。新月亭くらいいい宿はねえよ。メシは旨《うま》いし、部屋は清潔だ。シーツはいつでもパリッとしていて、ベッドもふかふか。クロエみたいな可愛い子がいるし、なんといっても、おかみが美人。これに限る。俺を含めてこの宿がどんなに素晴らしいか常連はちゃあんとわかってる。だからよけいな心配することあねえ」

テダが褒めちぎるので、ミュカもいくらか気を取り直したらしい。

「まあ……そりゃそうなんだけど。うちがいい宿だってのは当然よ。本当にねえ、クロエはよく働いてくれるし」

「おかみさんはよっぽどクロエが可愛いと見える。まるで本当の親子みたいだな。……おっと、きょうだいか」

テダが慌てて言い直す。さすがに親子、というのは年齢が離れすぎかもしれないから、きょうだいと言い直したのだろうが、そのテダの慌てっぷりにクロエもつい噴き出しそうになった。

だが本当のところ、ミュカはいったい何歳なのだろう。親子ほど年齢が離れていると思うときもあるし、そうじゃないと思うときもある。ミュカに言わせれば「女にはわからない部分があるほうが魅力的なのよ」とのことだ。ただ、彼女はとても苦労をしてきたらしく、それだけにとても懐が深いひとだった。

「言い直しちゃ元も子もないわよ。ま、そういうところがテダさんのいいところね。ああ、そうそう。今日はね、蜂蜜《はちみつ》酒のいいのが入ったのよ。どう？　後で一杯」

「ほお、そりゃあ楽しみだ。塩っ気のきいたもんと一緒に一杯やりたいねえ」

すっかり機嫌を直したミュカとテダとが和気藹々《わきあいあい》と話す横をクロエはすり抜け、厨房《ちゅうぼう》へと向かった。

「ギアン、なんか手伝うことある?」

クロエは厨房にいるクマ属の男、ギアンに声をかけた。

ギアンはこの新月亭の厨房を取り仕切っている料理人だ。

大きな体に似つかわしくないほど、繊細で旨い料理を作ってくれる。

クロエはこの新月亭が大好きだ。

美人おかみのミュカに、ギアンの用意する美味しい食事。そしてさっきテダも言っていたが、清潔なシーツがいつもピンと張った寝心地のいいベッド。気さくなおかみとの会話は楽しくて、旨い料理に舌鼓を打てるとあればリピーターが多いのも当たり前というところだろう。

現に、新月亭はいつも繁盛している。

街道筋の宿屋というと、正直花を売る商売のところもあるが、ここは一切そういうことはない。旅びとに快適な眠りと食事を供する誠実な宿屋だった。

実はクロエは少し特殊な事情を持っていた。

というのも、クロエは亜人というだけではなくミュカやギアンとは違う性質を持っているのである。

この世界にはアルファ、ベータ、オメガという三つの個体種が存在するのだが、クロエはその中でもオメガという特殊な種に属していた。

個体種にはそれぞれ独特の特徴がある。まずはアルファ。彼らは先天的に他の種よりも優れた能力を持っており、統率力も高いことから社会的地位が高い者も多い。そのためエリート層のほとんどはこのアルファが占めている。だが、全体の一割程度と少数しか存在しない限られた種である。

そしてベータ。これはこの世界の八割以上を占めている個体種で、アルファほど突出した能力はないものの、優秀な者もいる。とはいえ概《おおむ》ねごくごく一般的な種であると言えよう。要するにこのベータという種が社会を形成している。

最後にオメガであるが、このオメガという種はアルファと同じかそれ以上に数の少ない種であり、特徴も他の種とはまったく異なっていた。

というのも、オメガは能力こそ他の種となんら遜色《そんしょく》はないものの、女性のみならず男性であっても妊娠できるという特殊性を有している。また、月に数日から一週間程度発情期が存在して、主につがいを持たないアルファを強烈なフェロモンで引き寄せてしまう。それだけでなく、ときにはベータですら不用意に惹きつけることもあった。

男女関係なく子が産めるという特徴を持つ彼らは、かつてはアルファという優秀な種の存続のため、彼らに隷属していたという歴史があった。アルファ同士では容易に妊娠ができず出産率が低いのだが、オメガは発情期にアルファと性交すれば八割以上の確率で妊娠できる。アルファとオメガでは格段にアルファという種を産み出すことができるため、かっては繁殖を目的としたビジネスが行われてもいた。そういった歴史もあって、オメガは冷遇されている。

もうひとつオメガに特徴的な点を挙げると、彼らはとても美しい容姿を有しているということだ。オメガは生殖のために進化した種である、という説があるのも当然で、なにしろ魅惑的な容貌《ようぼう》はやはり男女問わず様々な者たちを魅了する。フェロモンだけでなく麗しい外見というのはたいそう魅力的だ。

フェロモンは現在それを抑制する薬もあり、以前に比べると発情期をコントロールできるようになっているし、近年オメガに対する理解も格段に深まっていてベータなどと同様には扱われるようになっている。とはいえ、やはり遠巻きにされていることが多い。

ただ、オメガはベータと異なり、アルファと「つがう」ことができる。つがい、というのはアルファとオメガの間にのみ発生する繫《つな》がりである。アルファとアルファ、またアルファとベータでは婚姻関係は結ぶことはできるものの、つがいという強い絆《きずな》で結ばれることはない。

一種の契約のようなものではあるが、それはなにより強い絆だった。

オメガであるクロエはとても美しく、魅力的な青年であるがときにはそれが弊害となることもある。ことに宿屋のような客商売では。

新月亭でも美貌《びぼう》のクロエにちょっかいをかけたり、狼藉《ろうぜき》を働こうとする不埒《ふらち》な者も訪れるが、ギアンは用心棒を兼ねていて、彼の大きな体とまた見てくれだけではない相当の腕前とで、そういう者も蹴散《けち》らしてしまう。

　おかげでクロエはオメガといえど、ここで快適に暮らしていた。

「お、クロエ。帰ってきたのか。悪かったな。俺の手が離せなかったばっかりにひとりで買い物に行かせて」

「ううん。平気。途中でヤギのテダさんに会って荷物を持つのを手伝ってもらったし」

「そうか。そりゃよかった。……じゃ、悪いがそこのイモの皮むきを手伝ってくれないか。チーズをたっぷり入れて、パイ仕立てにしようと思っているんだ。好きだろ？」

「うん、大好き。ありがとう、ギアン」

　にっこり笑ってクロエがギアンに礼を言う。喧嘩《けんか》はたいそう強いが、ギアンは普段はおっとりとしていて、やさしい。ふかふかの毛皮の側《そば》にいるとほっとする。

　自分に父親がいたらギアンのようなひとがいいな、とクロエはいつも思っていた。

　クロエには身寄りがない。

　両親の顔も知らずに育った。とはいえ、かつては祖父母と呼ぶひともいた。だがその彼らも二年前に亡くなってしまった。

　こうして新月亭に厄介になっているのもそのためだ。

　二年前、最後の身寄りをなくしたクロエはひとりこのルイニアに流れるようにやってきた。訳ありでひとりぼっちのオメガの少年など、本当ならならず者に売り飛ばされてもおかしくはなかった。だが運よくミュカに拾われたおかげで、こうして屋根のあるところで寝られ、食べるものにも困らないでいる。

おまけにおかみのミュカはまるで彼女の弟のように接してくれるし、ギアンもやさしくしてくれる。だからクロエにはなんの不満もない。

ミュカもギアンもいつまでもここにいたらいい、とは言ってくれるのだが……クロエには事情があって、長くこの土地に留《とど》まることはできない。いずれはここを離れなければならないのである。とはいえ、その時期はクロエにもわからなかった。それが明日なのか、それともずっと先なのか。

ただ、最近クロエはその時期が近づいているような気がしていた。

「あ、そうだ。ギアン、玄関の看板が少しガタついていたんだ。嵐が来る前に直しておいたほうがいいかも」

「わかった。飛んでいってからじゃ困るから、こっちの下ごしらえが終わったら修理してこよう。……風が強くなってきたな」

窓ガラスをカタカタと風が揺らしはじめている。

今日の嵐は特にひどそうだ。雨戸をきっちりと閉めたほうがいいかもしれない。

（やっぱり嫌な予感がする……）

このところ、胸のうちがざわざわとしている。ルイニアの嵐など日常茶飯事なのだが、嵐が近づくたびに気持ちが落ち着かなくなっていた。

(ここに来てからずっと、こんなことなかったのに……)

この二年の間、本当に穏やかに暮らしていた。なのに、最近は眠りも浅いし、情緒も不安定だ。発情期が近いのもあるだろうけれど、それだけではないと感じる。

(発情期に重ならなければいいんだけど……)

まったくこの発情期ときたら鬱陶《うっとう》しいことこの上ない。

ひと月に一度、これがやってくるせいで、一週間近くはろくになにもできなくなってしまう。ミュカたちにも迷惑をかけっぱなしだ。

本当は自分が新月亭にいることだけで迷惑がかかるから、出て行ったほうがいいと思っているくらいである。だがそうは思っても自分ひとりだけの問題ではないし、結局なんだかんだ言いつつ、ミュカたちの世話になってしまう。

ミュカもギアンも大好きなだけに、いつも心苦しく思う。

そして、今感じている《嫌な予感》が、どんな運命を指し示しているのか皆目わからないまま、クロエはただ溜息をつくことしかできなかった。

「クロエ、クロエ、薬は飲んだ？」

ドアの外でミュカが心配そうに声をかけてくる。

「飲……んだ。ね……フェロ……モン、だいじょう……ぶ？　外、漏れて……ない……？」

はあ、はあ、と荒い息を吐きながら、ようやくといったようにクロエはドアの向こうにいるミュカに聞く。

クロエの発情期の症状は重い。

フェロモン抑制剤を服用していても、発情期に起こるヒートという症状を完全に抑えることはできなかった。オメガの本能だけでなくウサギの本能も出てしまい、激しく性交を求めてしまうのだ。

だから、誰かの手を借りなければ発情を抑えることができなかった。

クロエはベッドの上でひとり悶《もだ》え苦しんでいる。体の奥底から、ジンジンと淫《みだ》らな疼《うず》きが抑えきれず、自ら性器を扱《しご》いても、それは治まることはない。

いくら自分で自分を慰めても体は自分ではない他の誰かの雄を求めた。

「ええ、大丈夫。それよりあんたのほうが心配」

ミュカは大丈夫と言うが、きっとそれは嘘《うそ》だろう。これだけヒートの症状が強く出ているということはクロエ自身から発しているフェロモンもおびただしいものに違いない。

ミュカもギアンもベータだから、それほど影響はないが、宿の客にもしアルファがいたとしたなら、このフェロモンに抗《あらが》えないだろう。

発情期の間、部屋に中から鍵《かぎ》をかけているのは予期せぬ事故に備えるためだった。いつなんどき、アルファが押しかけてこないとも限らないからだ。

しかし、それとて根本的な解決方法ではなかった。

「……まったく、なにやってんのかしら。もう三日も経つっていうのに……このままだとクロエの体がもたないじゃない」

ドアの外のミュカがブツブツと文句を言っているのが聞こえる。

（ミュカ……ごめん……）

こんな体のクロエを黙って雇ってくれているミュカには本当に感謝しかない。ここを出ても自分の体を持て余すのはわかりきっているが、これ以上ここにいると大好きなミュカとギアンにもっと迷惑をかけてしまう。自分ひとりではどうすることもできないとクロエはいつもジレンマを抱えていた。

セックスのことしか考えられないでいる状態のクロエの耳が、微《かす》かな足音を捉《とら》えた。

一瞬、空耳かと思ったがおそらくそれは違うと否定し、なんとかピンと耳をそばだて、足音を聞こうと集中する。すると、ややあって、トントンと階段を上がってくる足音が聞こえた。

（あ……この足音……）

特徴的な足音を聞いて、クロエはホッとした。

だがホッとするのと同時に、今度はぎゅっと目を瞑《つむ》る。その足音の持ち主と会うと、クロエは少し辛《つら》い気持ちになるからだ。とはいえ、会わないわけにはいかない。

そうこうしているうちにその足音は部屋の前で止まる。

「なにやってたのよ。遅かったじゃない。もうあの子が部屋に籠《こ》もって三日よ。連絡したでしょう？」

ミュカのいらついた声が聞こえた。

「……仕事だ」

足音の主が素っ気ない返事をしている。低く、よく通る男の声。

必要以上のことを言わない彼がミュカには不満なのだろう。

「案外本当は別の子のとこに行ってたんじゃないの。この前も随分もててたようだし」

嫌みのようにミュカが言う。

「そんな相手はいないし、暇もない。……俺の事情はあとからいくらでも話してやるから、さっさと部屋の鍵をよこしてくれないか。あんたもクロエのことが心配なんだろうが」

彼がそう言うと、チャラ、という金属同士が触れて立てる音が聞こえた。どうやらミュカが鍵を渡したようだ。

鍵が開く音がして、すぐにドアが開いた。

虚《うつ》ろな目でクロエはドアのほうを見る。そこには体の大きな黒豹《くろひょう》の男。

極上のビロードのような美しい毛並み。漆黒の闇夜《やみよ》を思わせるような深い黒色は、彼の逞《たくま》しい体にふさわしく、締まった筋肉を引き立てていた。また、サファイヤのような彼の青い瞳には理知的な光が宿っていて、一目で彼が他の黒豹とはわけが違うと思わせる。

筋肉質な体だが、それだけではない。美しいシルエットを持つしなやかな体躯《たいく》。

アルファだとすぐにわかる美しい男だった。

「ジン……」

クロエは男の姿を見て、彼の名前を口にした。

「遅くなって悪かった」

ジンはベッドの側にやってくると、シーツの上で情欲をやり過ごそうと丸まっているクロエの頭をそっと撫《な》でた。

クロエはふるふると頭を振る。

「い……い、平気だ……から」

「平気なわけないだろう。……連絡もらってすぐに来たかったんだが……仕事で離れてたから。いや、言い訳は後だ。……クロエ、いいか？」

ジンはそう言いながら、丸めているクロエの背を抱きしめる。

そっと気遣うような手の感触。

今からクロエは心を無にする。なにかを考えることはクロエにとっては辛いだけだ。これから彼にされることを――ただ、快感を追いかけるだけに集中しようと心に決める。

クロエが頷き、誘うようにジンへ視線をやると、彼はゆっくりとその体を傾けた。


そろそろ日没が近いのか、カーテンの隙間《すきま》から強い西日が射してくる。オレンジ色の光はカーテンもその色に染めていた。

細い指先がシーツにきつく食い込んでいる。

「あ……っ、あんっ……アアッ……」

ギシギシとベッドが軋《きし》み、その音と同じリズムでクロエの口から甘い嬌声《きょうせい》が上がる。

クロエの白い肌は上気して紅く染まり、ジンに後ろを穿《うが》たれるたび、ふっくらした尻尾がふるふると揺れた。その尻尾のつけ根をジンは指で擦《こす》る。

そこもクロエの感じる場所だ。ジンの硬いもので中を擦られ、指で尾のつけ根を弄《いじ》られて、クロエの紅い唇は開きっぱなしになって、快感を訴える声を上げていた。

「あ……もっと……ジン……っ……」

クロエの淫靡《いんび》な誘いにジンも興奮したように、荒々しい息で部屋の空気をかき乱す。

シーツに沈んだクロエの体に覆いかぶさり、本能のまま激しく腰を動かしていた。

フェロモンが充満した濃密な空気の中、ふたりは体を絡みつかせて、深く繋がりあっている。

「……ジン……ジン……奥……っ、奥、ぐりぐりってして……」

「……ああ。……そんなにイイか……？」

「……ん、イイ……すごく……すごく、イイ……っ」

愉悦を噛《か》みしめるかのように、クロエは腰を揺らし、それだけでは足りないと貪欲《どんよく》にジンへねだる言葉を繰り返す。

息が詰まるほど奥を穿たれ抉《えぐ》られて、快感が波のように押し寄せてくる。

「アッ……ぁあ……あ、あ、ああっ……」

クロエ自身の腹を打つくらいに反った性器の先からはだらしなく蜜が滴り落ち、シーツを濡《ぬ》らしている。ジンがクロエの腰を突くたびに、ぐちゅりとした卑猥《ひわい》な音が響いてクロエの耳に聞こえていた。

クロエ自身の体を必死で支えていた膝《ひざ》は震えて力が入らない。自ら腰を振って、その動きで自己嫌悪してしまうくらい感じ入ってしまう。

「や、やだ……っ、そこ……っ、おかしくな……ぁ……んっ」

「……おかしくなっていい。……なにも考えられなくしてやる……」

ジンはクロエの胸に手を回し、つん、と尖《とが》った乳首を指で摘《つ》まむ。それだけでなくくにくにと捏《こ》ね回し、爪《つめ》を立てた。

鋭い快感がクロエを襲い、思わず中を締めつける。その締めつけでジンのものがさらに膨らむのがわかった。

「……っ……！　あんっ！」

ジンはこらえきれないように激しく中を突き上げる。

なにも考えられなく、とジンが言った言葉どおり、あとは快楽だけを追いかける。

これで何度目の交合か、と考えるのはなしだ。

ジンがクロエの中をかき回すたび、もう既にクロエの中で放たれているジンの精液が、溢《あふ》れ出してくる。

白い蜜がクロエの内股《うちまた》をたらりと伝っていた。

体の隅々を互いの体液にまみれさせ、それでもまだ終わらない。

がっしりとしたジンの腕はクロエの腰を抱え、彼はさらに中を深々と穿った。彼の棘《とげ》のある逞しい雄でそこを抉られると、痛みとともに得も言われぬ快感が押し寄せてくる。

「やっ、あっ、あ……ぁ……ぁ……」

クロエは精液を吐き出すことなく、絶頂を極めていた。とうに精液は涸《か》れ尽くしている。がくがくと痙攣《けいれん》する体をジンの逞しい腕で抱き留められた。

しばらくシーツに爪先を食い込ませたままでいたが、やがてがっくりと体から力が抜けていく。

「ジ……ン、……ごめ……ん……ね……」

「謝るな。……いいから……休め……」

彼がそう言ったのを耳に留めながら、クロエはゆっくりと瞼《まぶた》を閉じる。

これで数日ぶりにぐっすりと眠れるだろう。発情期が訪れてからは体が疼いて眠ることもできなかった。こうしてジンが抱いてくれなかったら、ずっと眠れないまま苦しみもがき続けたことだろう。ジンには申し訳ないがくたくたになるまでセックスし続けたおかげで、やっと眠ることができる。

――ごめん、ジン。

この厭《いと》わしい体。この発情期さえなければ、こうしてジンに迷惑をかけずにすむのに、とクロエは思う。発情期が来るたびにクロエは自分の体を持て余していた。

ジンは毎月こうしてクロエを抱くために、この新月亭にやってくる。

だが彼とクロエはつがいではないし、恋人ですらない。

なのになぜジンがクロエを抱くのか。――それは彼の義務だからだ。クロエを護衛するという任務が彼には課せられている。その一環で好きでもないクロエを抱いているだけに過ぎない。

それどころか、ジンにとってクロエは憎んでもいいほどの存在で、彼にとってクロエを抱くのは苦痛にも等しいはずだった。


「起きたのか」

クロエが目覚めると、ジンがベッドに腰かけていた。

なにか書類を眺めていたようで、ベッドにいくつかの紙の束が置かれていた。

「もう来なくていいって言ったのに……」

声を上げすぎて嗄《か》れきった声でひっそりと呟くようにクロエは言う。

一度や二度セックスしたところで、まだ自分の体からはフェロモンが治まることはなく、いまだに大量に発していると思うのだがジンは平然とした顔をしている。

彼はアルファだからもっとオメガのフェロモンに反応していいはずだが、ぱっと見にはそういう様子が見られない。薬でフェロモンの影響を受けないようにしているのだと言っていた。

とはいえ、いくら薬で彼自身の体をコントロールしているといっても限界があるだろう。それが証拠に、彼の瞳孔《どうこう》は開いている。まだ性的に興奮している状態なのは明らかだった。

「……次のやつが来るまでだと言っただろう。それに毎月そんな状態では、おまえの居場所も悟られてしまう。そうなると俺も面倒だ」

感情のない声。クロエを抱くのが仕事のひとつだからそうしているだけ。けれど、ジンが冷たいだけでない男なのはクロエが一番よく知っている。ジンは感情をあまり表には出さないし素っ気ないが、本当はとてもやさしいひとなのだ。

「……わかってる。ねえ……次のひと、まだ決まらないの？」

クロエは書類をめくっているジンの顔を窺《うかが》い見ながら聞いた。

「…………まだだ」

書類に集中していたのか、反応が僅《わず》かに遅れる。

まだ、という言葉を聞いて、ホッとした。

まだジンがここに来てくれる。それだけでいい。ジンには疎まれているだろうけれど、クロエはジンのことが好きだったから。

「……そっか」

言いながら、クロエは素肌のままの自分の体に目を落とす。

クロエの白い肌はまだ情事の名残なのか、うっすらと薄紅色に染まっている。そしてそ

の薄紅色には濃淡があり――模様のようなものが描かれている。その模様はクロエの背中全体を覆っていた。

この模様はいわゆる隠し彫りと言われるものだ。

クロエの発情期のとき――ヒートの症状のときだけに現れる特殊な彫り物で、普段は見えない。クロエが生まれ育ったわけでもないルイニアにいるのも、クロエのことを好きでもないジンがここに訪れてクロエを抱くのも、すべてはこの体に刻みつけられた忌まわしい彫り物のせいだった。

これがなかったら――ジンもクロエももっと違う人生を送っていたかもしれないし、ふたりとも苦しむことはなかったのに――。

「ああ、そうだ」

はっとなにかを思い出したようにジンが口にして、立ち上がった。そうして鞄《かばん》の中から小さな紙袋を取り出し、クロエに差し出した。

「……？　なに？」

クロエは首を傾《かし》げて訊《たず》ねる。

「遅れた詫《わ》びだ。急な仕事でコルヌまで行っていてな……そのせいで遅くなった。それはコルヌの隣町の名産らしい。そこでしか買えないと聞いて、珍しいと思って買ってきた。俺も少し味見したが、旨いぞ」

「わざわざ……？　俺のために……？」

クロエは目をぱちくりさせて聞き返した。

「他に誰がいるっていうんだ。せっかく買ってきたんだ。腹も減っただろう？　少しなにか食べたほうがいい」

ぶっきらぼうな口調だが、その中にやさしさが滲《にじ》んでいた。

「ジン……。ありがとう」

受け取って紙袋を開く。開けたとたん、ぷうん、と香ばしい香りがした。そして美味しそうな焼き菓子が入っている。

コルヌというところはルイニアからかなり遠くにある町だ。飛行船を使っても丸一日かかる。湖のほとりにあって、とても美しい町だと聞くがまだ訪れたことはない。

そのような場所に行っていたのだから、ジンがなかなかやってこられなかったのも当然だろう。それなのに遅くなったと詫びるジンにクロエは申し訳なく思った。

しかもわざわざクロエのために焼き菓子なんかを買ってくる。

（俺のことなんかもっとぞんざいに扱えばいいのに。そうされてもおかしくないのに……）

ジンに対して申し訳なさと、後ろめたさみたいなものに心を痛めつつ、けれどこんな小さな思いやりを内心とても喜んだ。

クロエのために買ってきてくれたその焼き菓子を指で摘まんで口にする。

噛むとサクッとした歯触りと、それから中には木の実が入っていて、それがまた味わい深い。カリカリとした歯ごたえの、噛んでいくと甘くなるその木の実がサクサクとした生地によく合っていて、とても美味しい菓子だった。

「わ……！　美味しい……！」

腹が減っているだけではない、その美味しさに感激する言葉が口を突いて出る。それを聞いていたジンが少し目を細めていた。

「おまえは本当に菓子を旨そうに食うな」

ジンに言われて、クロエは食べるのをいったん止める。

「そうかな」

「ああ。一番はじめにおまえに会ったとき……まだおまえはチビだったけど、俺がやった砂糖菓子を旨そうに食ってた」

「そんなの覚えてない」

昔のことなんか覚えていない、とやや拗《す》ね気味に言うとジンは「そうか。昔のおまえは可愛かったぞ」と懐かしそうに言い、くすっと笑う。

ジンの笑った顔なんか久しぶりに見た、とドキドキしたけれど、それを顔には出さずにいた。

（俺が小さいときのこと……覚えてたんだ……ジン……）

もちろんクロエだって覚えている。覚えていないなんて言ったのは嘘だ。

だって、ジンは大好きなお兄さんだったから。

やさしくて頼りがいのある大好きなお兄さん。

（なんで……こうなっちゃったんだろう……）

昔、まだクロエが小さい頃、ひと夏を家族とともにジンと一緒に過ごしたことがある。

未来にこんな関係になるとは予想もしなかったし、できなかったあの頃。あの頃はとても幸せだった。

クロエもジンも幸せだった。

「…………っ」

そのとき再びクロエの体に震えが走る。体の中にあった熾火《おきび》のような小さな欲情の火が再び燃え上がろうとしていた。

（もう……やだ……）

艶《なま》めかしい疼きが背筋から這《は》い上がってくる。気持ちに反して、体は淫らな行為を求めてしまうのだ。これが何日も何日も繰り返し続く。

どうしてこんな体なんだろう。

「クロエ？　ああ……またか」

押し黙って体を抱えたクロエにジンが察したように背中に手を触れる。

触らなくていい、と言えない自分に嫌悪しながらクロエはきゅっと唇を噛んだ。

「我慢しなくていい……わかってる」

言いながら、ジンはクロエの体に覆いかぶさる。

あとはなし崩しに抱かれるだけだ。

こうしてジンは淡々と機械のようにクロエを抱くけれど、クロエはそれでもよかった。

(だって好きなひとに抱かれているから……。ジンに抱かれてるから……いい)

クロエはさっき彼が口にした互いに幸せだった過去を思い出しながら、行為に没頭した。

二年前――。

すべては二年前からはじまった。

その日はクロエの十六歳の誕生日だった。

当時クロエは祖父母のオーリーとマリエのもと、レーキアという町で不自由なく暮らしていた。

クロエに両親はいない。クロエが赤ん坊のときに不慮の事故で両親は亡くなり、祖父母が引き取って育ててくれている。

ただ、今はイオの名峰のひとつシューウスの麓《ふもと》にある名門校トルステン校の寄宿舎にいて、週末と長い休みにしか帰ってこられないけれど。

トルステン校にはオメガ専用の寄宿舎があるのが特徴だ。オメガは上流階級の中では忌避されることが多いが、まったくいないというわけではない。

またオメガといえどけっして能力が劣っているわけではないことから、優秀な頭脳を持つオメガや、貴族の子息を救済するために作られたのが、オメガのための寄宿舎である。

クロエの祖父オーリーはかつてイオの政府軍で要職にあったという。現在は退役し悠々自適の暮らしであり、そんなことから、クロエはオメガ検査を受けた直後、中等部からトルステンへの編入を勧められたのだった。

そうして勧められるまま、クロエはトルステンで学ぶ日々を送っていたのである。

「マリエ、ちゃんとケーキ用意してくれてるかな」

クロエは大好きなオーリーとマリエと早く会いたくてたまらなかった。

週末にはいつもレーキアに帰るのだが、今日はまた特別だ。なんといっても自分の誕生日で、マリエはクロエの大好物のキャロットケーキを焼いて祝ってくれると約束していたのだから。

マリエのケーキはとても美味しい。

秘密のレシピで作った特製のシロップに漬け込んだ干しぶどうや他の乾燥果物に、たくさんのナッツ。ちょっとスパイシーな風味のする生地は一口食べると、ちょっぴり大人の味がした。ケーキの上に塗られているチーズクリームはとてもクリーミーで、ふわっと口の中で溶けていく。

思い出しただけで、我慢ができなくなってしまう。列車の中から外の景色を見ると、見慣れた景色がレーキアはまだ少し先だと知らせてくれた。

「あ、そうだ。十六になったから、オーリーが新しいジャイロを買ってくれるって言ってたんだ」

今まではオーリーのお下がりの旧型ジャイロを使わせてもらっていたが、十六の誕生日には新しいものを誕生日プレゼントにしてくれると言っていた。

最近のジャイロは改良に改良を重ねられていて、さすがに無風状態では無理だが、今までできなかった垂直離陸ができるとあってそれを欲しいと思っていたのだ。

今週の休みはいつもの週末に加え、特別休暇も申請してきた。

トルステンでは誕生日での帰省には特別にあと数日の追加休暇が認められる。夏休みや冬休みの他に久しぶりに長めの休みがとれるとあって、それもクロエは楽しみにしていた。

「早く着かないかなあ。お腹もぺこぺこだし。でもマリエはいっつも食べきれないだけ料理を作ってくれるから、このくらいお腹空《す》かせておかないと食べきれないんだよね」

ウキウキとした気持ちと大好きな祖父母に早く会いたいという気持ちで、クロエは車窓を眺め続けていた。

珍しく定刻に列車がレーキアの駅に到着し、クロエは大きな鞄を持ってホームに降り立つ。乾いた秋の風がクロエの頬《ほお》を撫でていく。

「だいぶ冷えてきたかも。上着持ってきて正解」

レーキアは今が一番いい季節だ。列車の窓から見えていた大らかな麦畑はそろそろ色づいて金色に輝いて、まるで黄金の海の中にいるような気がする。麦の穂が揺れると、それこそ波のようでうっとりと見とれてしまうほどだった。

きっとジャイロに乗るのも気持ちがいいだろう。新しいジャイロのことを考えると心が浮き立ってくる。

「？」

クロエは首を傾げ、そしてキョロキョロとあたりを見回した。

「オーリー……？」

おかしい。

クロエは重たい鞄を持ったまま、駅舎のほうへと向かう。

いつもと違う様子に、胸騒ぎがした。

「どうしたんだろう……。オーリー、時間間違えたのかな……」

普段なら駅にはオーリーが迎えに来るはずだ。クロエの到着をニコニコの笑顔で待っていてくれるのに。が、彼の姿は見えない。

時間を間違える、ということも考えづらいことだった。クロエの乗る列車はいつも同じ時刻のものだし、トルステンに編入してからずっと同じようにしてきたから、間違えるということはないだろう。

「まさか……病気……？」

オーリー本人、あるいはマリエが急病にでもなったのだろうか。だから迎えに来られなくなったのかもしれない。

いずれにしても嫌なことしか想像できず胸のうちに不安が募ってきた。

「早く帰らなくちゃ……！」

大きな荷物を抱え、脇目《わきめ》も振らずに足を速めるクロエに通りすぎるひとたちが怪訝そうな目を向ける。たぶんそのときクロエはよほど深刻な顔をしていたのに違いなかった。

そのくらいオーリーが迎えに来ないというのは、おかしなことだったのだ。

駅舎の中では、竪琴《たてごと》を持ったひとがもの悲しい音楽を演奏していた。それもまたクロエの心をかき乱す。嫌な予感しかしない。

「クロエ」

そのとき背後から、声がかかった。

はっとして後ろを振り向くと、ふたりの男が立っている。

ひとりは狼《おおかみ》、もうひとりは黒豹で、どちらもとても大きくそして軍の制服を着ているいかつい青年たちだ。だが、黒豹のほうが狼よりは年若い。

「ヒュウゴ……！」

クロエはそのうちのひとりを見て目を丸くする。その男とは顔見知りだった。

ヒュウゴとクロエが呼んだのはイオの空軍の大佐である。彼はよくオーリーを訪ねてやってきていた。軍のエリートだというのに偉ぶらないし、おおらかなひとだ。

「クロエ、元気そうだな」

「うん、元気だよ。どうしたの、ヒュウゴこんなところに」

首を傾げながら聞くと、ヒュウゴの表情は少し固くなった。

「ああ……まあ……説明はあとだ。おまえを迎えに来た」

ヒュウゴの様子はいつもと違っている。言葉に歯切れがなかった。

「迎えって……え……？」

いきなり迎えと言われ、戸惑うクロエに「荷物を貸して」とヒュウゴの隣にいた黒豹の青年が手を差し出した。クロエはそのときようやくまじまじと青年を見る。そして「あ」と声を出した。

「もしかして……ジン？」

おずおずと聞くと、黒豹の青年は頷く。

「よく覚えていたね。……久しぶりだな」

やはりそうだった、とクロエは笑顔になる。

ジンはオーリーの一族に連なる者だ。すなわちクロエの遠縁にあたる。

そういえば、ジンは空軍に入隊してヒュウゴの部下になったのだと、オーリーから聞いていた。

「うん……」

クロエは恥ずかしそうに返事をした。まさかこんなところでジンに会えるとは思いも寄らなかった。なにしろジンも言っていたが顔を合わせるのは久しぶり——というより、クロエが幼い頃に会って以来だった。

だからもうかれこれ十年以上も会っていないことになる。

とはいえ、彼はクロエにとって特別なひとだった。なぜなら、彼は――ジンはクロエの初恋のひとだったから。

クロエはまだ小さくて、そのため記憶は定かではないけれど、ある年にジンはクロエたちの家にひと夏滞在したことがあった。その間ずっとクロエの遊び相手になってもらったのだ。とても、とてもやさしいお兄さんでクロエはジンのことが大好きだった。……そんな淡い初恋の相手だ。

目の前のジンは昔の面影を残したまま、けれど昔よりもずっとかっこよくすてきなひとになっていた。闇夜のような黒い毛皮は上品な光沢でうっとりするほどだったし、精悍《せいかん》な顔つきと、黒豹らしいしなやかで美しい肢体には鍛え上げた筋肉がのっていて、ひどくセクシーに思える。さらに軍の制服がよく似合っていて、思わずクロエは見とれてしまった。

しかし、すぐに我に返る。

「あっ、あの、迎えって。……オーリーは？　どうしたの？　いつもはオーリーが来てくれるのに、今日はヒュウゴたちって」

矢継ぎ早にクロエは質問攻めにする。ヒュウゴとジンの顔を交互に見ながら聞いたが、ふたりとも複雑そうな顔をしているだけだ。

「う……ん、ちょっとな。とにかく俺たちと一緒に来てくれないか」

ヒュウゴに頼み込むように言われ、その奥歯にものが挟まったような言い方は気になったが、しぶしぶ頷いた。

ヒュウゴはオーリーの信頼も厚かったし、マリエもヒュウゴのことが大好きだった。世話焼きのマリエはヒュウゴに「お嫁さんを紹介するわよ」と常日頃から言っていたくらいだ。だから、クロエの悪いようにはしないと信じていたのだ。

それにジンと一緒にいられる、というのも悪くはないと思った。こんなことでもなければ彼には会えなかっただろう。

「ねえ、どこに行くの？」

ジンが運転する車に乗ってしばらくしたときクロエは隣にいたヒュウゴに訊ねた。

こちらは自分の家の方向ではない。

まったく異なる方角へと車が向かっていることにクロエは怪訝な顔をした。

「……オーリーとマリエが待ってる」

ヒュウゴがどこか感情を抑えるような声で静かに言う。そのなんとも表現しにくい声音にクロエはそれ以上聞いてはいけないような気がして、口を噤《つぐ》んだ。

車の向かう場所へ行きたくない気持ちと、だが行かなければいけないという切羽詰まった気持ちとがクロエの中で渦巻いて、混乱していた。

嫌な予感はますます募るばかりでクロエの心は落ち着かない。

ヒュウゴが気を利かせて「学校はどうだ」と声をかけてくれるものの、クロエは上の空で生返事しかしていなかった。

車が滑り込んだ先は——病院だった。

やはり嫌な予感がしたとおりだ。クロエの顔から血の気がザッと引いていく。

「……病院……って……ねえ、誰が……？　オーリー？　マリエ？　倒れたの？　病気？　怪我《けが》？　ねえ、なにか答えて……っ！」

病院の前で停《と》められた車の中で、クロエはヒュウゴに向かって叫んだ。

だがヒュウゴはぎゅっと唇を噛んだまま、なにも言わない。

「ヒュウゴ……！　ジン……！　なにがあったの……⁉」

いよいよクロエもこれがただならない事態なのだと察し、ふたりを問い詰める。

「ついてこい」

ヒュウゴは車のドアを開けて、クロエに車から降りるように促す。

「ヒュウゴ！　答えてよ！」

クロエの質問にふたりは答えないまま、クロエの手を取って病院の中へと連れていく。

だが一般の患者が入院している病室ではなく、地下への階段を下りていった。

霊安室、という札が掲げられている部屋の前でヒュウゴとジンは立ち止まる。

「なに……ここ……」

しんと静まりかえった廊下にクロエの声がやけに響いた。霊安室だなんて縁起でもない。

なぜ彼らは自分をここに連れてきたのだろう。

「ここにオーリーとマリエがいるんだ、クロエ」

ジンが静かにクロエに告げた。彼の声は冷静を装っていたが、上擦っていた。軍人ならばたいていのことに動じないように訓練されていると思うのに、ジンですら動揺を隠せないとは。ということは――。

どういうことだ。

霊安室にオーリーとマリエが……？

クロエの思考はそこでストップする。なにも考えたくなかった。これ以上考えたらきっと悪いことしか想像できなくなる。

ヒュウゴは改めてクロエに向き直った。

「クロエ……いいか。気を確かにして聞いて欲しい」

ヒュウゴのそのセリフはとても安っぽい芝居のようだとクロエは思った。彼のセリフが芝居なら、次に来るセリフの予測はとても簡単だ。けれど、そのセリフをクロエは聞きたくはなかった。なぜなら――。

「……オーリーとマリエは……亡くなった。今朝《けさ》のことだ」

ほら、やっぱりちんけな芝居と同じセリフをヒュウゴが言う。

けれど、ヒュウゴは芝居をしているわけではない。彼が口にしたセリフは芝居ではなく現実のことだ。とはいえクロエは彼が言ったことをにわかには理解できなかった。

「亡くなった……って……？　嘘だよね……？」

聞き返す。ふたりにそれは嘘だよ、冗談だよ、と否定して欲しかったが彼らはなにも否定することなく、ゆっくりと首を横に振った。

「嘘じゃない。嘘や冗談でこんなことは言わない。――オーリーとマリエは亡くなったんだ、クロエ。おまえの大好きなお祖父《じい》さんとお祖母《ばあ》さんは天国に召された」

淡々と告げられ、それが逆にクロエの耳に入った言葉が真実であることを裏づけていた。

「ど……うして……？　だって……なにも……」

オーリーもマリエも先週まではとても元気だった。

オーリーなんか病気ひとつしていないというのが自慢だったし、マリエだってクロエが覚えている限り大きな病にはかかったことはない。

どうして急にふたりとも……？

クロエはまばたきすらできずに、目を見開いたままでいた。目から頬になにか温かいものが流れていたのも気づかずに。

ヒュウゴが部屋の扉を開けた。日の射さない、ランプの明かりしかない暗い部屋。

本当にこんなところに祖父母がいるのだろうか。

ヒュウゴが先に部屋に入っていく。クロエはよろよろと重い足取りでその後を追った。

「――――！」

素っ気ない、ベッドですらない固い寝台がふたつ並べられていて、オーリーとマリエはそこに横たえられていた。

「オーリー……！　マリエ……ッ！」

クロエが駆け寄って声をかけてもふたりは返事をしてくれない。目も開けずにいる。オーリーの頬に触れるととても冷たかった。温めたら返事をしてくれるのではないかと必死でクロエは彼の頬を両手で温めた。が、いくら温めたところでぬくもりは戻ってこない。それどころかクロエの体温まで奪っていくようなそんな冷たさだった。

「起きて……っ、ねえ、マリエ……。約束したよ、俺の誕生日にキャロットケーキを焼いてごちそう作って待ってるから、って。だから……だから……急いで帰ってきたのに」

やさしいマリエ。いつも穏やかな笑顔で、クロエのことを思いやってくれた大好きなおばあちゃん。

マリエにしがみついて叫んだが、その声は空《むな》しく部屋の中に響くだけだ。

ふたりとも、クロエがオメガでも変わらずに深い愛情を注いでくれた。オメガであるクロエを慈しんでくれた大切な存在。

なのにオーリーもマリエも冷たくて……クロエはその場に力なくくずおれた。

いくらクロエが彼らの名前を呼んでも、もう目を覚ますことはない。

クロエ、と呼んで抱きしめてくれることは、もうないのだ。

夢だったらどんなにかよかったのに――。


「少しは落ち着いた？」

ジンに温かいミルクを差し出され、クロエは頷く。

今、クロエがいるのはレーキアから少し離れた軍の施設の中だ。クロエは家に帰りたいと言ったのだが、ふたりにそれは止められた。

――オーリーとマリエは殺害されたんだ。

霊安室でジンがクロエにそう言った。

殺害、と聞いて、クロエは信じられない気持ちでふたりの死に顔を見つめていた。ふたりは誰かに恨まれるようなことをしたとでもいうのか。

確かにオーリーは退役軍人ではあったから、恨みを持つ者もいたかもしれない。だがクロエと過ごしていた間、そんな物騒な気配は微塵《みじん》もなかった。

詳しい話は病院ではできないというので、ここに連れてこられたのだが、大好きな祖父母がただの事故死や病死ではなく殺害されたことにひどく打ちのめされていた。

「見つけたのは今朝になってからだった。夜中にオーリーたちは襲われたらしい。眠っているところを銃で撃たれたから、苦しまずにすんだはずだ」

「そう……」

せめて苦しまなかっただけよかった、とクロエは目を伏せる。

「……オーリーとマリエを殺した犯人はわかってるの」

膝の上に置いた拳《こぶし》を震わせながら聞く。手を開くことができず、ミルクを飲むこともできない。

「ああ。見当はついている」

ジンはゆっくりと説明をしはじめた。「オーリーとマリエを亡くしたばかりのおまえにこんなことを言うのは酷だとわかってるんだが」と一応は気を遣っていたが、彼らもそれどころではないのはクロエもわかっている。

というのも、そもそもこんな軍の施設に真っ先に連れてこられること自体が異常だからだ。普通の事件ならこんなところで説明を聞かないだろう。

オーリーとマリエの死の裏にはなにかあるのだろうと、ぼんやりとした頭で思っていた。

「コフィン――という名前を聞いたことはあるか」

ジンに聞かれ、クロエは首を横に振る。そんな名前聞いたことはない。それはひとの名前なのか、それともまた違うものの名前なのかすらもわからなかった。

そうか、とジンが言って、それから続けた。

「コフィン、というのはいわゆるカルト団体のひとつなんだが――」

そう言ってジンはコフィンについて説明をはじめた。

イオでは機械工学派と遺伝子工学派が対立しているのだが、昔から機械工学派が政権を握っている。そんなこともあってイオは重工業、また精密工業を主とする工業国なのであるが、近年遺伝子工学派の勢いが増していた。コフィンはもともとその遺伝子工学派から生まれた団体である。

はじめは研究者を中心とした純粋な学術団体だったのだが、やがて成長するとともに狂気に囚《とら》われることになっていったという。彼らは遺伝子操作を用いて獣人とはまた異なるキメラを作り、世界を手中に収めようと画策しているらしい。

そうしていずれは世界をコフィンの支配下に置く――それが彼らの目的だということだった。

「キメラ……って……」

「ただの交配じゃない。人工的に……ひとの手でこの世に存在し得ない生き物を作り上げる。神様でもないのに倫理的にどうかと思うことをやつらはしようとしているし、さらにはそれを物のように扱ってひとを支配下に置こうとしている……ひととしての禁忌を冒そうとしてるんだ」

聞いていて、クロエはぞっとした。

「そいつらがオーリーとマリエを殺した。十中八九、そうだろうと」

「どうしてオーリーを……。オーリーがそのひとたちにかかわったってこと……？」

「オーリーは……彼が一度はコフィンを殲滅《せんめつ》状態に追いやったんだ」

かつて、まだクロエが生まれる前、コフィンは軍によって事実上一度殲滅した。

当時軍でその指揮を執っていたのがオーリーだったということだ。

しかし殲滅したはずのコフィンはその草の根が思いのほか深かったらしい。ごくごく僅かにいる残党が細々と活動し、近年息を吹き返しはじめてきたのだという。そして徐々に活動の幅を広げているとのことだった。

「おそらく復讐……。やつらは執念深いと聞く。オーリーはこの危険を予測していたから、おまえにトルステンへの編入を勧めたんだ」

「そ……んな……。じゃあ、オーリーは……わかってたっていうの……？」

クロエは立ち上がってジンに詰め寄った。

今はジンの静かな瞳がひどく冷たいもののように見えた。彼の毛皮が闇夜のようで、クロエの目の前を黒く塗りつぶして、なにもかも遮断しているように思える。こんなふうに遮ってオーリーはクロエになにも見せなかったのだ。

「……オーリーは素晴らしく有能だった方だ。彼の中でシミュレートしていたいくつかの結末のひとつだったただろう」

「…………」

クロエにとってはいつでもやさしい祖父だった。おおらかで人の好い祖父。ただ彼はまた別の顔を持っていたのだ。クロエにはけっして見せなかったが。

「クロエ、おまえはそのオーリーの忘れ形見だ。コフィンは必ずおまえも狙《ねら》ってくる。だからひとまず葬儀が終わるまではここにいればいいけれど、その後はどこかに身を隠したほうがいいだろう」

聞いたばかりの事実にクロエは返事もできず、ただ打ちのめされていた。

そして温かかったミルクはすっかり冷めきっていた。

葬儀はひっそりと営まれ、その間クロエにはジンが護衛についていた。遠縁のジンならクロエの側にいてもおかしくはない。

ぴったりと寄り添うようにジンはクロエの側にいた。

「大丈夫か」

葬儀が終わった後、ジンがクロエを支えるように肩を抱いた。

「うん……大丈夫。ありがとう。ごめんね、ずっと付き添ってくれて」

「俺は平気だ。……よく頑張ったな」

「ううん、このくらい……。でも……オーリーとマリエになんにもできなかったのが辛いなと思って……俺のこと引き取って育ててくれて……」

クロエはふっと空を見上げた。

青く広い空。オーリーはクロエをよくジャイロで連れ出してくれた。まだまだ飛行技術は衰えてないぞ、と言うのが口癖だったオーリー。今頃はマリエと一緒に仲よく空を飛んでいるだろうか。

「クロエ、疲れているとは思うが……」

ジンがクロエに囁《ささや》きかける。

「わかってる。……着替えたら、出発だよね」

「ああ」

ジンは周囲に目を配りながら小さく返事をした。

これからふたりはレーキアを出発する。身を隠したほうがいい、というヒュウゴの――というよりは軍側の提案でこの町を出ることにしたのである。

行き先はコフィンの残党も多い首都のアーラは論外ということで検討を重ねた結果、ヴァスアトという町へと指示された。当てがあるというその町の教会にひとまず向かい、そこで次の指示を待つように告げられていた。

とはいえ、ヴァスアトは遠い。列車を乗り継いで三日もかかるところである。とてもクロエひとりでは身の安全が保証されない。そこでジンが同行することになった。

「支度はできたか」

出発の準備を調えていると、ヒュウゴがクロエとジンのもとに現れた。

「うん、いつでも出発できるよ」

ヴァスアトまでの護衛にはヒュウゴはつかない。ジンだけだ。ふたりきりで向かう。

「悪いな。一緒に行けなくて」

「大丈夫。ジンがいるし。それよりオーリーとマリエを殺した犯人……見つけてよね」

「見つけるさ。意地でもな。オーリーとマリエには俺も世話になった。こっちのほうは任せておけ。それから――ジン、くれぐれもクロエを頼むぞ」

ヒュウゴがジンへ向き直って厳しい目を向けた。

「承知しています。到着次第伝令を飛ばします」

「そうしてくれ」

淡々としたやりとりを耳にし、クロエはこれからのことを不安に思う。

学校のこともそうだ。軍からはしばらくの間戻れないだろうと言われ、友達にも連絡を取るなと諭された。

いつまでそうすればいいのかもわからないまま、見知らぬ土地に行くというのは心細い。

ただ、そんなクロエの気持ちを察しているのか、ジンはできる限り側にいてくれた。

「クロエ？」

ぼんやりしているクロエにジンが声をかける。

「あ、ああ……ごめん。ぼーっとしちゃって」

「無理もない。鍛えている俺たちとは違うからな。列車は一等寝台を取っているから、ゆっくり寝ていくといい。……このところ寝られなかったんだろう？」

ジンの言うとおり、オーリーたちの死からクロエはほとんど眠れずにいた。

けれど、クロエは「そんなことないよ」と無理やり笑う。ジンによけいな心配をかけたくなかった。


レーキアの駅から出発するのは危険だろうということで、ひとつ手前の小さな駅からジンとふたりで列車に乗り込む。

無論細心の注意を払うのは当然だった。クロエとジンは夫婦を装って、ヴァスアトまで行くことにする。だからクロエはわざわざ女装し、特徴であるその長い耳と顔をスカーフで隠していた。ジンももちろん軍の制服などは着ていない。裕福な商人といったふうの服装でごまかしていた。

「もう平気だ」

客室に入って内鍵をかけるとクロエはようやくホッとした。

いくら季節が秋とはいえ、ぐるぐる巻きのスカーフはさすがに暑い。スカーフを取ると、ぴょこんと長い耳が現れた。

「痛くなかったか？」

無理やりにスカーフで隠した耳のことをジンは案じる。

「まあ……ちょっと痛かったけど、このくらいは我慢できるよ。それよりなんかへんな感じ……っていうか、似合わないだろ？　顔はスカーフで隠してたからいいけど」

はあ、とクロエは溜息をつく。

自分の顔については、好き嫌いはともかくとしてオメガだからそれなりには……上等な部類には入っていると自覚している。中性的な容姿がオメガの特徴だ。だから幼い頃から、女性と間違われるのは日常茶飯事で、成長したとはいえ今でも少女のようだとよく言われていた。

けれどそれと女性の服を着るのはまた別だ。特に初恋のひとの前でなんて恥ずかしいことこの上ない。

「似合ってるさ。きれいな女の子だ」

クロエの自虐的な言葉をジンは否定する。お世辞でもうれしい、とクロエは思う。うれしいと思っていることが彼に気づかれないように、俯《うつむ》いてほんのちょっぴり笑顔を作った。

「ジンはお世辞が上手だね。……随分モテるでしょ」

その質問にジンはあっさりと首を振った。

「いや」

素っ気ない返事。そしてすぐに荷物の整理をしはじめる。彼のその様子にクロエは、あることを思い出した。

数年前、クロエが中等部に進んですぐくらいのことだっただろうか。オーリーとマリエが深刻そうな顔をしていたときがあった。

彼らは声を潜めてはいたが、クロエの耳はいい。ヒトの話し声はよく聞こえる。耳に入ってきたのは、ジンが婚約直前の恋人を失った、ということだった。

（……まだ忘れられないのかな）

愛するひとを失う、というのは辛い。クロエもオーリーとマリエを亡くして、はじめてそのことに気づいた。だから好きだったひとを忘れられない気持ちはよくわかる。

（俺もオーリーとマリエの代わりなんて考えられない）

クロエはまだ恋愛感情というものはわからないが、大好きという感情なら理解ができる。

きっと彼はまだ愛していたひとのことを思っているのだろう。

そこまでジンに愛されていたひとのことを羨《うらや》ましく思う。と同時にそれが自分ではないことが少しだけ悔しいような複雑な気持ちになった。

ジンに恋人の話はもうするまい、とクロエはひっそり心に決めた。

「ここにいるときは着替えてもいい。鍵もかけてあるし、あとは俺が見張っている。おまえもだいぶ疲れただろう?」

「ううん。ヴァスアトの教会に着くまではこの格好でいるよ。そのほうが攪乱《かくらん》できるだろ。それにいちいち着替えるのも面倒だし」

「クロエがいいというならいいが……あまり無理をするな」

「大丈夫だって。ジンは心配性なんだから」

クロエはにっこりと笑った。

とはいうものの、長い旅だ。

列車という狭く限られた空間にずっといるというのは、時間を経ると疲れてくる。じっとその場にいなくてはならないというのが、これほどきついとは思ってもみなかった。

食堂車に行くことを禁じられたので、食事もこの個室の中だ。ただ、車窓から外の風景を見ることができるから、それはいくらか救いになっていた。

丸一日、列車に乗ってようやく行程の半分ほどに差しかかったときだった。

「クロエ、なにか食べたほうがいい」

ジンが横になっているクロエに声をかけた。

「…………食べたくない」

「少しは腹に入れないと。せめて水だけでも。ゆうべからなにも口にしてないだろう」

ジンが心配そうな声で促すが、クロエは返事もできずに小さく首を振る。

実はゆうべからクロエは体調を崩していた。発熱し、なにも食べられない状態なのである。慣れない列車での移動と、またやはりずっと気を張り詰めさせていたため、精神的にも限界がきたらしい。

祖父母を亡くしたショックや、その原因が病気や事故ではなく他殺というものであったこと、さらに自分までが命を狙われている可能性――すべてが過緊張の状態へとクロエを追いやっていたのかもしれない。

やっといくらか気を緩めることができるようになったため、一気にそのストレスが噴き出したに違いなかった。

さすがに飲まず食わずでいたため状態は悪化しだした。発熱もはじめは微熱だったものの、徐々に上がりはじめる。これから先、あと二度ほど列車を乗り換えなければならない。このままではヴァスアトに着くまでにクロエの体がもたないだろう、そうジンは判断したようだった。

「クロエ、起きられるか」

うとうととしていたときジンに起こされた。

クロエは目を開け、うん、と微かな声で返事をする。

「あと少しで大きな町の駅に着くが、いったんそこで休むことにしよう。医者に診《み》てもらったほうがいい」

「……ごめ……、迷惑……かけて……」

「迷惑じゃない。これまでの無理がたたったんだろう。当然だ。大きな町だし、宿はすぐ見つかるさ。それに幸い怪しい気配もないから、一日や二日寄り道をしたところでたいして問題はない」

落ち着いたジンの声にクロエはゆっくりと頷く。

それからは彼の指示どおり、身支度をなんとか調え、途中下車して駅を出る。

どこで降りたかも定かではなかったものの、ぼんやりと虚ろな目であたりを見ると、彼の言うとおりひと通りがたくさんある。これならば紛れることもできる、と重荷にしかなっていないことの後ろめたさをいくらか薄めながらほっと息をついた。

ジンはクロエを背負い、宿を探しはじめた。

はじめ背負われるのは嫌だと言ってみたが、いつ倒れるかわからない身では結局足手まといということには変わりない。ジンにはクロエのひとりくらいたいした重さではない、と一笑に付されてしまい、結局甘えることにする。

彼の背中は大きくて、そして心地がよかった。

艶やかな毛皮の肌触りもよくて、ふかふかの毛皮にほっとする。上等のベッドで寝ているようだった。彼の歩調に合わせて体も揺れ、そのリズム感がまたいい。気がつくとぐっすり眠ってしまうほどだった。

とはいえ、宿探しは難航した。

大きな祭りがあるということで、適当な宿には空き室がなく、ことごとく断られてしまう。ほうぼうで聞き回ったところ、アルファ専用の高級な宿屋なら部屋があるかもしれないということで赴いたが、クロエの発する微かなフェロモンからオメガだと知られてしまい、こちらも断られたところだった。

「そこをなんとかと言っているじゃないですか。具合の悪いこの子を少し休ませてくれるだけでいいんですよ」

ジンと宿の支配人とのやりとりが続く。

「いいえ、こちらとしてもそういうわけには。私どもはアルファ専用の宿ですし、他のお客様のことを考えましても……」

食い下がるジンと支配人の攻防は続き、クロエは何度も「もういいから」と口を出したくなった。が、やはり今のままならない体ではそういうことも言えない。

「では仕方がありません。申し訳ありませんが、こちらへ使いを出してもらえますか」

ジンはそう言いながら、紙切れになにかしらを書き綴《つづ》った。

それを見た支配人の顔色が変わる。

「これは……？」

「いえ、ここで休ませていただけないとなると……知事の手を煩わせることになるかと思いますので。ほんの一日、二日のことなので、私も知事に気を遣わせたくはなかったんですが」

紙切れは支配人を震え上がらせるのに十分だったらしい。おそらく軍の力を使おうとしたと思われる。イオでは政府軍の力は絶大である。ジンは彼自身についての所属を明かし、支配人に――言い方は悪いが脅しをかけたのだろう。

支配人はしばし考えた後、「わかりました」としぶしぶ返事をした。

「特別室なら空いてございます。そこなら――他のお客様にも影響はないでしょうから」

「ありがとうございます。感謝します」

ジンはにっこりと笑った。

「ですが、お客様お支払いは――」

支配人は意地悪くジンに持ちかける。支払いができなければいくら軍の関係者といえど追い返すつもりなのだろう。

「わかっています。前金でとりあえずお支払いします。――こちらで」

言ってジンは金貨の袋を支配人の目の前に出した。

いくら特別室といっても、たぶんその金貨は多すぎたはずだ。とたんに支配人の目の色が変わった。

「こ、これはこれは……いただきすぎでは……？」

「手を煩わせた手数料だ。それから医者を呼んでくれると助かる」

「かしこまりました。早速医者を呼んで参ります。――ではお部屋にご案内します」

手のひらを返したような態度の支配人にジンは大きく溜息をつく。いかにもな差別にうんざりという溜息の色。彼の背中で聞いていたクロエは、昔となにも変わらないなと小さく微笑《ほほえ》んだ。


「宿くらいすぐに見つかると思ったんだが……思いのほか手間取ったな。すまない」

ジンが謝ることではない。むしろ自分がオメガだから……こういうことにはよく遭遇する。これまではオーリーとマリエが守ってくれていたから、クロエはあまり嫌な思いをすることがなかった。

今日だってジンがいなかったら途方に暮れていたはずだ。ジンのおかげでこれだけ立派な宿に泊まることができた。むしろ謝るのはクロエのほうだろう。アルファのジンならどこでも手放しで歓迎する。

「ジンが謝ることとないだろ。……俺が熱なんか出したから……」

「疲れて当然だ。おまえの体調に気がつかなかった俺も悪い。宿の支配人が医者を呼んでくれると言ったから、念のため診てもらおう。とにかく眠りなさい。おまえに足りないのは休養だ」

こくりとクロエは頷き、医者が来るまでひとまず眠ることにする。

素っ気なくて、ぶっきらぼうな物言いだが、ジンの言葉はやさしくそして頼もしい。昔の思い出そのままで、クロエは幼い頃に引き続いて再びジンへ心を傾けた。

（……ジンみたいなひとが恋人だったら幸せなんだろうな）

彼が亡くした恋人のことを思っているのは百も承知だが、惹かれずにはいられない。ただ、ヴァスアトに着いてしまえばもう彼はクロエの面倒をみなくてもいいのだから、それきりになってしまうだろう。

せめてもの救いは、自分が彼となんらかの血縁関係にあるということだけだ。まったくの他人ではない。だからまた気軽に話しかけることくらいは許されるはず。

そんなことを思っていると、いつの間にかぐっすりと眠ってしまった。

ようやく深い眠りにつけたためか、小一時間ほどしたところで医者がやってきたときには随分と体が楽になっており、起き上がれるようになる。

クロエを診察してくれた医者は初老の人の好さそうな笑顔で、なんとなく緊張もほどける。彼は事情を特には聞かず、ただクロエを安心させるようにニコニコとしていただけだ。

「疲れだねえ。体が疲れた、って悲鳴を上げたんだよ。――ときにきみはオメガのようだけれど、発情期はまだ？」

クロエは首を横に振った。実はこの年になってもクロエはまだ発情期を迎えていない。普通は十五歳を迎える頃にはやってくると言われるのだが、奥手なこともあるのかまだのようだった。友達にはガキだと言われるけれど、その友達が発情期になったときの様子を見ればまだ発情期を迎えるのは遅くてもいい、と思ってしまう。

「なるほど……」

ふむ、と医者は考え込む素振りを見せる。

「それがどうかしましたか」

「いや。ときどきね、オメガの子が発情期の前には体調を崩すことがあるものだからね。きみの場合もそうかもしれないなと思ったんだが……まあ、今のところフェロモンの量もそう多くはないから、単なる疲労かもしれない。心配しなくても寝ていれば大丈夫」

医者はやさしく言って、クロエを撫でた。

なにも問題はなく休養と栄養をとればいいと医者は言ったが、念のためと滋養強壮の薬と解熱剤の他にフェロモン抑制剤を置いていった。

確かにいつ発情期が訪れてもおかしくはない年頃だ。抑制剤はオメガにはあって迷惑なものではない。まだ発情期が来ていないからとそのことは考えずにいたけれど、これからのことを考えると常備しておくのはやぶさかではなかった。

それからまたしばらくクロエはぐっすりと眠る。次に目覚めたのは、いい匂《にお》いがしてきたからだ。ジンがなにか器を持っているのがうっすらと開けた目に飛び込んできた。

「温かいスープだ。飲めるか」

宿に頼んでスープをこしらえてもらったのだという。彼は器をベッド脇のサイドテーブルに置いた。

「うん。ありがとう。だいぶ楽になったよ」

ふう、と大きく息をつきながらクロエは体を起こす。

「ああ、顔色が少しよくなった。飲めるだけでいいから、腹に入れておくといい」

熱いぞ、というジンの言葉どおり、スープは熱くて美味しかった。野菜のだしのやさしい味がじんわりと体にしみる。

結局、クロエはほとんど残すことなくスープを飲みきった。そうしてほぼ空になった器を見たジンはほっとしたような顔をする。

「昔もこういうことがあったな」

ジンはクロエに懐かしそうに目を細めながらそう言った。

「そう？」

「おまえが覚えているかどうかはわからないが、俺が夏にオーリーの家で過ごさせてもらったとき、たちの悪い風邪《かぜ》が流行《はや》っていたんだ」

そんなことあっただろうか、とクロエは記憶を手繰り寄せる。なにぶん小さい頃のことだ。記憶も定かではない。

ピンとこない顔をしているクロエを見ながらジンは続けた。

「覚えていないのも無理はない。皆で高原に行った帰りの列車の中でおまえは高熱を出して、そこからしばらくの間ずっと眠り続けていたんだ。マリエがすごく心配して、おまえの側から離れなかった。でもそのマリエよりもオーリーのほうがよっぽどおろおろしていたよ。大丈夫だ、ってマリエを慰めていたけれど、おまえが眠っている横をうろうろして……あのひとたちは本当におまえのことを愛していた」

「そういうことがあったなんて……覚えてない」

「だから言っただろう？　おまえはずっと眠っていたんだから。そして熱が下がったおまえに俺はこうやってスープを持っていった。マリエに頼まれてね」

覚えていなかったエピソードはクロエの心を寂しくさせるのと同時に温かくさせる。このスープはそういえば少しマリエの味に似ていた。

クロエの目から涙がこぼれる。

温かくてやさしいひとたちとの別れはやはりまだ辛かった。

「ジン、ありがとう。教えてくれて」

「いや。俺もオーリーやマリエにはとてもよくしてもらった。今回のことは俺も関係ないわけじゃない。俺が話をしたばかりにとっくに引退したオーリーを巻き込んでしまった」

ジンが大きな息をついた。

どういうことなの、とばかりにクロエがジンを見やると彼は辛そうに顔をしかめる。

「こうなった以上ちゃんと話しておかないとな」

長くなるが、とジンは前置きし、話を続けた。

「俺にはかつて恋人がいた。ルルという名前のオメガでね……いずれはきちんとつがいになって、結婚するつもりでいた」

クロエはそっと目を伏せる。ジンの恋人の話を聞いて、ちくりと胸が痛んだ。

彼らの交際は順調だったのだが、ジンの仕事が忙しく、あまり会えなくなってきた頃からルルの様子が変わっていったという。

「妙な連中とのつき合いが多くなってきて……学生の頃の友達だというのでそういうものかと思っていたんだが……。あやしげな集会に顔を出したり、ルルの家から胡散臭《うさん》いやつらが出てきたり、さすがの俺もおかしいと思っていてね」

問いただしたところ、ジンには関係ないとの一点張りだったという。

調べてみると、ルルが通っていたという集会は表向きは自然愛好家の団体のものだったのだが、実体はコフィンのものだったという。

コフィンの残党が当たり障りのない活動を名目に、そこでじわじわと洗脳のようなことをしていたのだということだった。だからジンが気づいたときにはルルは既にコフィンに傾倒し熱心な信奉者になっていたのである。

そこでルルをこのままにしておけないと思い、ジンはルルに婚約しようと告げたという。早く結婚して、ルルをコフィンから引き離したい、そう考えた。

ルルを部屋に招き入れたジンは婚約指輪を渡し、ルルもそれを受け入れ、もうコフィンとはかかわらないと誓った。ジンはこれでルルも落ち着いてくれるはずだ、と思ったようだが、そうではなかったらしい。

その夜、ルルとふたり祝杯をあげたところからジンの記憶はなくなった。どうやらルルが酒の中に薬をいれたらしく気がついたら、ジンが軍から持ち帰っていた軍事機密の書類とともにルルの姿がなくなってしまったということだ。

ルルはコフィンのスパイ。

その事実はさぞかしジンを打ちのめしたことだろう。

「――あいつらのせいでルルは……っ！　く……っ」

ジンはクロエの前ではじめて強い感情を露《あらわ》にした。

「ジン……」

「ルルは……純粋なやつで……ひとを疑うようなことなんかない、心のきれいな子だったんだ。それを……コフィンが……ッ」

愛したひとを、その人格ごと変えてしまったコフィンが憎くてたまらない、とジンは悲痛な表情で語る。ひとの心をコントロールし、あまつさえ利用するコフィンが許せず、ジンはずっと追いかけているのだと言った。

「だから……軍にかけあって、コフィン対策をしている部署に移って――」

それでヒュウゴの下についたのだ、とジンは体を戦慄《わなな》かせながら告白した。

「オーリーがかつてコフィンを殲滅させたというのは運命なんだと思った。だから俺もオーリーのようにあいつらを……」

そう思って、オーリーに相談を持ちかけたところ力になると言って、いろいろとジンやヒュウゴに協力をしていた。――ただ、そのオーリーの動きがおそらくコフィン側の目に余るものだったのだろう。オーリーは彼らによって消されてしまったのだ。

「俺が話をしなければオーリーはあのまま穏やかにおまえと過ごしていたんだろう」

すまない、とジンは頭を下げる。

だがオーリーも退役したとはいえ、軍人だ。特にコフィンを殲滅させた当事者だけに、件《くだん》の組織が息を吹き返して再び脅威を表しはじめたというのは見過ごせないものだったに違いない。ジンに話を聞かずとも、遅かれ早かれ彼は同じようなことをしたのに違いなかった。

「……ジンのせいじゃないよ。オーリーはイオの軍人であったことに誇りを持っていたから。きっとオーリーはまだ自分がやり残したことがあると思って、だから……。それにルルさんのことだって、ジンがそのコフィンを許せないのわかるし……」

クロエはジンの気持ちが痛いほどわかった。

今のクロエの気持ちは昔ルルを失ったジンの気持ちときっと同じだ。たったひとつの組織に運命を狂わされ、愛するひとを失った。

ここまでルルはジンに一途《いちず》に愛されていた。それをクロエはとても羨ましいと思う。彼がどんなにルルのことを愛していたのか。

ひとはひとをこんなに愛せるのだ、とクロエは心が震えた。

(ジンみたいなひとを恋人にできたらきっと幸せなんだろうな……)

とはいえジンが前の恋人を愛している以上は自分の恋は叶《かな》わない。

(ジンはまだルルのことが好きなんだ……きっと……)

もしまだルルが生きていて、そして彼がルルを見つけたらどうするんだろう。でもこんな情熱的なジンならばルルの洗脳を解いてしまえるかもしれない。

いずれにしても自分の挟まる余地などどこにもない。

恋になる前に失恋してしまった、とクロエは寂しい気持ちを抱えた。


その日の夜のことだ。

いったん体調を戻したかと思えたクロエの様子がまたおかしくなる。ゾクゾクと震えが走り、体の奥底にわけのわからない熱が籠もりだす。それだけならまた熱が上がったと思うのだがそうではなかった。

一番大きな変化は性器がじんじんと疼きだしたことだ。そこに熱が集まりだし、ゆるゆると勃起《ぼっき》しはじめる。すぐにそこへ手をやって刺激を与えてしまいたくなる。

これまで自慰などクロエはほとんどしたことがなかった。

性欲、というものがどういうものかすらもよくわからずにいた。生理的な現象としての朝の勃起はいつもすぐに治まったし、だからこんなに痛いくらいそこが張り詰める、ということはなかったのである。

（え……なに……これ……）

クロエは戸惑った。

おかしいのは性器だけではない。後ろの――普段は排泄《はいせつ》にしか使わない場所もうずうずと疼いていた。

自分はオメガだからそこが排泄だけに使われることがないのは知識としては知っていたけれど、この場所が性器でもあるとようやく気づく。

（やだ……どうしよう……ここ……痒《かゆ》い……うずうずする……っ）

ペニスも後ろの孔も疼いて仕方がなかった。

疼いて、触りたくて、体をのたうち回らせる。

だが、同じ部屋にはジンがいて、そこに手を伸ばすことは憚《はばか》られた。しかし体の疼きは増すばかりで、一向に治まる気配はない。

（これ……って……？）

はあ、はあ、と荒い息が次第に熱っぽく艶めいてくる。とうとう「あ……」と声を上げ、俯《うつぶ》せになって体をシーツに擦りつけた。

体ごとシーツに擦りつけると、今度は乳首が擦れて甘い刺激となる。その小さなはずだった刺激が引き金になって、もっと強く大きな刺激が欲しくなった。

「あ……んっ、ぁ……ぁ……」

いよいよこらえきれなくて、クロエは身を捩《よじ》らせながら、仰向けになった。そうして手を股間《こかん》に伸ばしてしまう。

けれどまだ僅かに残った理性がそこに手を触れるのを躊躇《ちゅうちょ》させる。

触れたい、触れたくない。

そんな気持ちがせめぎ合い、ベッドの上で体をのたうち回らせた。

「やぁ……っ、やだ……っ……これ……ぃやぁ……っ……」

どうしよう、どうしたらいいんだろう。

苦しくて、辛い。体が熱くてたまらない。

すると隣のベッドで寝ていたジンがクロエの様子に気づく。いやクロエの様子だけではない。たぶんクロエの体からはおびただしいほどのフェロモンがそのときには発せられていただろう。

それが証拠にジンは目を瞠《みは》って、息を呑《の》んでいた。

オメガのフェロモン——アルファならひとたまりもないはずだ。だがジンはフェロモンにあてられることもなく、落ち着き払った様子ですぐさま自分の荷物から小瓶を取り出した。そしてその中身を口に含んでからクロエの側に寄り添う。

ジンが口の中に含んだのはフェロモンの影響を無効にさせる薬だったようだ。軍の人間はいつなんどきなにがあるかわからないため常に携行しているということらしい。

「大丈夫だ、クロエ。——発情期だ。心配しなくていい」

ジンはクロエを落ち着かせるように言う。彼が体に触れなかったのは、今肌に触れたらクロエが過剰に反応してさらにパニックに陥らせると考えたのかもしれない。

「さっき医者からもらった薬を用意してくる。少しだけ我慢しろ」

声をかけるとジンはベッドから離れる。

発情期、とジンにはっきり言われてクロエは改めて自分に発情期が訪れたことを理解した。

（これが……発情期……）

こんなに辛いものだとは思わなかった。いや、学校の友人たちの様子を見て大変そうだとは思っていたが、自分の身に訪れてみるとこれほどのものだったなんて。

ジンがすぐに戻ってきて、医者から渡された薬をクロエに手渡す。水と一緒に飲むようにと、錠剤を手のひらに三つ置かれた。

早くこの状態をどうにかしたくて、すぐにその薬を放り込むように口の中に入れる。苦いのだが、苦さのことはどうでもいいほどなにも考えられなかった。

――オメガの子が発情期の前には体調を崩すことがあるものだからね。

医者が言っていたことを思い出した。あの体調の悪さはこの前触れだったらしい。はじめての発情期を迎え、体がついていかなかったようだ。

薬を服用したのだからきっと大丈夫、と自分に言い聞かせていたが、体の疼きはまったく治まらない。

「ジン……ジン……どうしよう……体……おかしい……熱い……熱いよ……」

肌が熱い。側にいるジンを上目で見つめながら縋《すが》るように手を伸ばす。

「なかなか効かないな……。待っていろ。確か特効薬があったはずだ」

荷物の中に不測の事態に備えて用意をしてあるはずだ、とジンは立ち上がる。

一方クロエはさっきから肌着の上から体をまさぐっていたが、とうとう耐えられなくなって肌着すら脱ぎ捨ててしまった。

「あっ」

そのときだ。自分の体に異変が起きていることにクロエは気づいて声を上げた。その声にジンは振り向いてクロエの体へ視線をやる。そして素肌になったクロエの上半身を見て、彼は大きく目を見開いた。

なぜなら体に妙な図案が浮かび上がっていたからだ。

「クロエ……それは……」

ジンはかなり動揺している。しかも彼の目がひどく険しい。

「ジン……っ、これ……なに……？」

クロエも驚いた。なにしろ自分の体にこんなものが描かれているとは知らなかったからだ。普段裸になったところで素肌にこんな図案は描かれていない。だが今は——上気して薄紅に染まったクロエの白い肌に、さらにそれより濃い紅色で図案が描かれている。

発情期特有のヒートのせいでこんなふうになったのだろうか。いまだかつて見たこともない自分の変化にクロエは目を瞠る。

「……っ」

ジンはなにかをこらえるかのようにぎゅっと拳を握りしめ、「特効薬を取ってくる」と背を向けた。

「なんなのこれ……」

肌に描かれているのは図案だけではない。なにかの文字も書かれている。それがなんなのか、クロエにはまったくわからなかった。

ほどなくジンが戻ってくる。手には細長いものが握られていた。

「これなら効くだろう。副作用はきついようだが、我慢してくれ」

言いながら、彼はクロエの腕に針を刺した。彼が持っていたのは注射薬だったようだ。薬を打たれた後、クロエは気絶するように眠りについた。


次に目覚めたのは日が高くなってからだ。

ひどい頭痛と吐き気と倦怠感《けんたい》で起き上がれなくなっていた。ずっとうとうととして、ようやくまともに起きられるようになったのは夕方近く。

特効薬の副作用はひどかったものの、はじめての発情期でフェロモンが不安定だったということと、また特効薬がよく効いたこともあって、発情期としてのクロエの症状は軽くすんだらしい。体の奥に燻《くすぶ》っていた熱はいつの間にか霧散していた。

ジンは――とクロエがぼんやりした頭であたりを見回すと、難しい顔をしているジンが窓の外を眺めていた。

「ジン？」

クロエは声をかける。

だがジンの顔は昨日までのようにやさしくはなく、どこかぎこちない。様子がおかしかった。

「あ……ごめん……俺……発情期ってはじめてで……」

しどろもどろに言い訳をする。ジンと少し隔たりがあるように感じた。ジンはクロエの顔を見て、ようやく笑顔を作った。

「どうだ、具合は」

「うん……なんとか……。まだ頭痛は残ってるけど、起きられないほどじゃないよ」

「そうか、よかった。発情期がはじめてだったならびっくりしただろう？」

その声を聞いてクロエはほっとした。いつものジンに戻っていたからだ。ではさっきの彼はいったいなんだったのだろう。

きっと自分の気のせいだろうと思い直して、クロエはできるだけ明るく振る舞おうとした。随分と体調もましになった。だからこれ以上は心配をかけたくない。

「すごく驚いた。――発情期があんなだなんて。オメガって大変なんだね……」

溜息交じりに言うと、ジンはクスクスと笑った。

「おいおい。ひとごとみたいに。これから先ずっとあれとつき合っていくんだぞ。早くつがいを見つけるか、じゃなければ薬を飲み続けないと」

「わかってる。でも、あの特効薬……できたら使いたくないな。あれを使うと頭が割れそうに痛くなっちゃって。体に合わないのかな」

「薬というのは体質で合う合わないがあるからな。特効薬もいくつか出ているから、クロエの体に合うのを探せばいい」

やはりジンがおかしいと思ったのは気のせいだ。今こうしてクロエの側にいる彼は前と同じようにやさしい声だった。

その後もジンは変わりなくクロエに接してくれ、自分はちょっと過敏になっていただけだと思い直す。

なんとか食事もとれ、湯浴みもし、数日ぶりにさっぱりできて気分もすっきりした。

「すっかり足止めさせちゃったけど、もう俺大丈夫。出発できるよ」

クロエはジンを安心させるように元気になったとアピールしてみせる。

昼食も夕食もだいぶ食べられるようになってそれなりにとったし、いつでも出発できるように荷物もまとめた。これ以上は迷惑をかけたくない。

だから明日の朝にはここを出よう、クロエがそう言いかけたときだ。

「クロエ、話がある」

ジンがそう切り出す。クロエは鞄の蓋《ふた》を閉める手を止めた。

「なに？」

振り向くと、ジンが真剣な顔をしてクロエを見つめていた。

「ここに座ってくれないか。話が長くなる」

「どうしたの、そんなに怖い顔して」

クロエが言ったとおり、ジンの表情は険しかった。さっき、目が覚めたときに見かけた、冷たい目でクロエを見ている。

はじめは笑顔を作っていたクロエも彼に見つめられて、表情を固まらせた。

ジンに促されるまま椅子《いす》に腰かける。ジンがお茶を淹《い》れてくれた。その間、沈黙が流れている。空気がひどく重く、息苦しい。

「クロエ——おまえの体のことだが」

体、と口にされて、クロエははっとした。

ヒートの症状になったときに体に浮かび上がった図案のことを思い出す。もしかしたらあれが気持ち悪いとでも言われてしまうのだろうか。あんな妙な図案が体に描かれていたなんてクロエも知らなかったが、あれはいったいなんなのだろう。

「体……がどうかした……？」

「いや、その前に……俺はおまえにコフィンのことを話しただろう？」

うん、とクロエは頷く。

「コフィンがオーリーを狙った本当の理由を話しておく」

「本当の理由？」

本当の、とジンが言うところを見ると、コフィンがオーリーを殺害したのは復讐ではないということか。クロエが顔を上げてジンを見ると彼はにこりともせず、とても難しい顔をしている。緊張した空気がふたりの間に流れた。

「コフィンが遺伝子操作で人工的なキメラを作り出す研究を進めていたということを覚えているか」

クロエはこっくりと頷いた。

「かつて、その元の研究をしていた研究者はルノルクス研究所——このイオ最大の研究所だが、その研究員をしていた。彼はコフィンのメンバーで、仕事とは別に極秘裏にコフィンのためのキメラ研究を独自に行っていたのさ。だが、そいつは研究の途中で亡くなってしまったんだが」

その研究員はキメラと同時に、オメガの研究も進めていたという。遺伝子操作を行いオメガを人工交配で作り出すという研究で、それは当時既に成功させて何人ものオメガを生み出していた。

「オメガを……？　なぜ……？」

なぜオメガを人工的に生み出す必要があったのか。

怪訝そうな顔をしているクロエにジンはこう話を続けた。

「言い方は悪いが……オメガは妊娠しやすい。アルファ同士ではなかなか妊娠しないが、オメガならアルファとつがうことで、よりたくさんのアルファの子を産める。オメガに組織内のアルファの子を産ませて……そうすることで組織内は能力の高い者が必然的に多くなる。イオでは当時国力を高めるために、裏でそういう研究もさせていた。だがその研究員がコフィンのメンバーだとしたら……？」

そこまで言われるとクロエも理解ができる。

「コフィンのために利用される。イオに――ううん、それだけじゃなくて世界中のありとあらゆる機関の要職に自分たちの仲間を送り出すことができるってことだよね？」

「そうだ。ひとの手でひとを作り上げるという……禁忌を冒してな。そしてその頂点に立つのが自分たちコフィンである、だから自分たちは神を超えた。——そういうことらしい。幸い、それは日の目を見ることはなかったが」

ジンの言葉を聞いてクロエはぞっとした。

自然の摂理に抗い、あまつさえ冒瀆《ぼうとく》する彼らの存在に怖気《おぞけ》が走った。

科学はそういうものに利用されるものではないはずだ。しかし——。

「そんなやつらにオーリーとマリエが……。それにジンの恋人さんも……」

クロエの独り言のような呟きにジンは反応することなく口を開く。

「その研究員が亡くなった後に、そいつがコフィンのメンバーだったことも、それから研究内容もようやくつまびらかにされたらしい。……生まれたばかりのオメガの子が何人も研究所内にいたと聞く。当時の所長はなにも知らずに研究員が亡くなってはじめて知って、責任を取った」

所長はすべての忌まわしい研究を封印し、いわばその研究の犠牲となったオメガの子たちを里子に出すことにしようとしたのだが、大きな問題がひとつあったという。

なぜならひとりのオメガの子の体に隠し彫りが入れられていたのである。

「隠し彫り……？」

「ああ。なんらかの条件で浮かび上がる特殊な彫り物だ」

その内容は獣人を用いるキメラの研究を記した文献の隠し場所だったという。

「そいつをコフィンのメンバーが知ったら？　その研究はもともとやつらのためのものだ。あいつらはその文献を……喉《のど》から手が出るほど欲しがっている」

ジンの言葉にクロエもやっと理解した。

「――隠し場所が彫られている、その子どもが……狙われる……？」

クロエの心臓が嫌な音を立てた。

オメガ。

隠し彫り。

そして――オーリーの殺害。

すべての事柄が自分を指し示しているように思えてならない。

「そうだ。コフィンはずっとその隠し彫りを持ったオメガの子を探していた」

ジンの目がクロエに向けられた。

その視線は鋭く、冷たい。――軍人としてのジンの本性を表しているかのような。

「――そのオメガの子は……クロエ、おまえだったんだな」

感情のない、冷徹な声がクロエを貫いた。

「え……？　だ、だって俺は……」

自分の両親は幼い頃に亡くなって、だからオーリーとマリエは引き取ってくれて……そして――。

「クロエ……こんなときにこんなことを言うのは酷だとわかっている。でもやっぱり知っておくべきだ。おまえは……オーリーがある日どこからか引き取ってきた。あのひとたちにはもともと子どもはいない。──おまえと血の繋がりはないんだ」

「ジ、ジン、ちょっと待って。ねえ、どういうことか俺にはさっぱり……」

思考が止まる。彼の言っていることがわからない。だが混乱したままのクロエにおかまいなしに、ジンの話す口は止まらなかった。

「──おまえがコフィンの真のターゲットだったんだろう。おまえの体に施されている隠し彫りがその証拠だ」

「ジ……ン……？　な、なにを言ってるの？　知らないっ、隠し彫りなんて……っ、コフィンなんて俺は……ッ」

聞きたくない、とクロエは塞《ふさ》ぐように長い耳を折り曲げた。

自分はずっとオーリーとマリエと一緒に暮らしていた。オーリーは大らかでマリエはやさしくて、クロエ愛してるわ、と抱きしめてくれていた。

それが違うというのか。

目眩《めまい》がする。目の前が暗くなる。

「俺は隠し彫りが施されたオメガの子がいるということは知っていた。コフィンを追う任務に就いたときにその情報は与えられていたからな。そしてクロエがオーリーとは血が繋がっていないことも」

それから先のジンの話はクロエの頭にろくに入ってはこなかった。もちろん聞いてはいるが彼の声が頭の中を上滑りしてするっとどこかへ飛んでいく。

彼の話の断片断片を聞いていても、事実を認めたくなくて、脳内で拒否してしまうのだ。

とはいえ、聞かないわけにはいかない。

かろうじて聞き留めた話の欠片《かけら》を繋ぎ合わせるとこうだった。

ジンは隠し彫りの図案の件についてはだいたいのところは聞かされていたものの、まさかそれがクロエに施されているとは知らなかったということ。

またクロエが本当はオーリーたちの孫ではないことも知っていたが、オーリーには口止めされていたということ。

「俺はおまえのことを親友から頼まれて引き取った大事な子だと聞かされていた。今にして思えば――オーリーがルノルクス研究所の所長と学生時代からの友人だということを俺は知っていたのに……。オーリーは所長からおまえを託されたんだろうな」

事実の断片から、ジンは仮説を組み立てていったようだった。話は続く。

「……ただ、少なくとも、彼らはおまえのことを大事に育てていた。本当の孫として接したいからと言って、よけいなことをおまえの耳に入れないようにとても気を遣っていた。そのせいで一時期俺たちの一族とは距離を置いたくらいだったし、俺にもクロエには知らせるな、と強く念を押されていたよ」

どうりで自分がなにも知らなかったわけだ、とクロエはオーリーたちの気遣いを深く感じ入る。

「だからそれ以上のこと……本当のおまえの身の上は一切口にしなかったよ。可愛がって、可愛がって……事情を知っている俺だって、血が繋がっていないことをすっかり忘れるくらいには可愛がっていた。だから俺がオーリーの家に世話になったあの夏だって……実はおまえの遊び相手になって欲しいと頼まれて行ったんだ。あの頃のおまえは内気すぎて友達を作れないとオーリーに相談されてね」

今は違うが昔のクロエはおとなしかったらしい。

それはオーリーからもマリエからもよく聞かされたことだ。きっと彼らは心配したことだろう。研究室で育った赤ん坊を引き取って、困惑していたのは彼らだった。

けれど彼らは根気よくクロエに愛情を注ぎ続けてくれた。

こうして十六年もの間、クロエ自身なにも気づかなかったほど、丹念に注意を払って大事に育ててくれたのだ。

「実際、おまえに会ったら可愛くて、オーリーに頼まれたことなんか忘れて一緒に遊んでいたが。——俺の後をトコトコついてくるおまえが本当の弟みたいで。……可愛かったよ」

そのときにはジンの表情はやわらかくやさしくなった。

目を細めて、慈しむような表情。そうだ、クロエはジンのこの顔がとても好きだった。

大好きだったお兄ちゃんの顔。

「だが――」

大きく息をつきながら打って変わってジンは難しい顔をした。

「正直なところ……おまえが悪いわけじゃないとは思っている。が、おまえの体のその隠し彫りがあったためにオーリーとマリエが狙われたということなんだろう。復讐というよりはおそらく……。おまえがオーリーに育てられたということを突き止めたのかもしれない。だとすれば……もしかしたらルルは……」

感情を抑えたようにジンは言うものの、声は震えている。

「ルルは……もしかしたらはじめから俺がオーリーの身内だと知って近づいてきたのかもしれない……考えたくなかったが」

なにもかも信じられない、と忌々しそうにジンはギリ、と歯噛みした。

クロエはジンが話をする間、まったく口を挟むことはできなかった。ただ口を噤んで彼の話を聞くことしかできない。というか、ジンが語る話がクロエ自身のことだとは信じたくもなかった。

「まさか……おまえが例のオメガだったとは……」

はっきりとジンは言わなかったものの、クロエに対してこれまでのように好意的な感情を抱いているようには見えなかった。それどころかその真逆の――憎しみにも似た気持ちが彼の中で渦巻いているのが、その震えた肩から手に取るようにわかる。彼の内心は乱れまくっているようだった。

愛していた相手に裏切られた遠因、そして自分の身内でもあり、軍人として尊敬していたオーリー夫妻の死の原因、それらすべてがクロエにあると知って、心がついていかないでいるのかもしれない。

ジンの目はさらに冷たく、目を向けられるたびにクロエの体は凍ってしまいそうになるほど寒々しい視線だった。

「……どうして俺にこの任務を与えたのか……引き受けるんじゃなかった」

ジンのごくごく小さな、ぼそりと吐き捨てるようなひと言にクロエは打ちのめされる。

――俺がすべての元凶……。

いたたまれなくて、クロエは項垂《うなだ》れる。

彼もけっしてクロエ自身に責があると思っているわけではない。だからこそ冷静になろうとクロエの前では努力している。けれどそれ以上には理性を制御しきれないのだろう、クロエに向ける目と今の言葉が彼の本当の気持ちを物語っていた。

「悪いが……今はちょっとおまえの顔を見る自信がない」

呻《うめ》くように漏らされたジンの本音。

自分のことでなければクロエもジンの言葉を受け止めることはできた。彼が傷つくのは当然で気持ちはよくわかるから。しかし――。

「すまない。おまえのせいじゃないと頭ではわかっているんだ。本当にすまない……。頭を冷やしてくる。……今晩は先に寝ていてくれ」

暗にこの部屋に今夜は戻らないと言い置いて、ジンは立ち上がった。

クロエに背を向けて。

窓から差し込む夕日が彼の背中を照らしていて、真っ赤に染めていた。それはまるで彼の中にある感情そのもののように思えてならず、クロエはひと言も声をかけることができなかった。

そうしてジンはそのまま黙って部屋を出て行ってしまった。クロエのほうを一度も振り向くことなく――。

ジンが向けた悲しげな赤い――背中がまだ目に焼きついていた。
ほとんど日は沈んでいて、差し込むような赤さというのとはまた別の色だったのだが、それでも紫色の中に僅かに交じっていた色鮮やかな色がジンの背に貼《は》りつくように映っていた。

燃料切れみたいだ。

心の中がぎすぎすと擬音を立てて、ぷすんという音とともに止まってしまった、とクロエは思う。大好きなひとたちと大らかに空を飛んでいたつもりだったのに、気がついたら誰もいなくなってしまった。

ジンは――もう自分に笑ってくれないかもしれない。

彼とは顔を合わせることができない。それどころか自分の存在すら消したくなっていた。

夜が明けるのを待ってクロエはまとめた荷物を手にし、部屋を出た。

ジンはあれから部屋に戻ってきてはいない。たぶん他に部屋を取ったのだろう。

幸い、といっていいのか、ジンがクロエの部屋に置きっぱなしにしていた財布を目にして「ごめん」と謝りながら、その中から金をいくらか拝借する。これで当面の交通費と食費くらいは賄えるはずだ。あとはテーブルに置いてあったいくつかのパンをざっと袋に入れて、鞄の中に放り込む。食料だってないよりあったほうがいい。

玄関で宿の支配人がクロエに気づいて歩み寄ってきたが、クロエはにっこりと笑ってこう言った。

「大変お世話になりました。泊めてくださってありがとうございました」

もう一度笑顔を支配人に向ける。クロエの笑顔がどれだけひとを惹きつけるのか、この笑顔が武器になることをクロエ自身はよく知っている。

案の定、支配人は毒気を抜かれたような顔をして、のぼせ上がっていた。

「あっ、あの、お連れ様は」

「彼は疲れているようなので、そのまま寝かせておいてください。僕は迎えが駅まで来ているそうなので先に行きます」

「そうでしたか。ではお気をつけて」

「ありがとうございます」

クロエはゆっくりとした足取りで宿を出ると、ふう、と大きく息をついた。

駅までの道のりはちゃんと覚えている。

例のコフィンだって、クロエをきちんと認識しているわけではなさそうだ。だからオーリーとマリエを殺害するに至ったのだろう。

だったら……。

ジンやヒュウゴのようないかにも軍人といったようないかつい男が四六時中側にいるよりは、クロエ単独でいたほうがまだ狙われにくいのではないか。

それならジンはもう自分の顔を見なくてもすむ。

彼が慕ったオーリーやマリエの死や、また彼の元恋人のルルのことも、クロエが側にいたらきっと思い出して辛くなるだけ。

短い間に様々なことがありすぎて、うまく考えることができなかったけれど、自分のことくらい自分でできる年だ。要するに、例のコフィンとやらに自分の体を見られなければいい。

どこか知らないところに行って、コフィンの手の届かないところで暮らせばいい。

ジンの苦悩しているような……あんな顔をさせたくなかった。

たとえば――もし、自分がもっと大人だったら、とクロエは考える。

クロエがもっと大人だったならジンはきっと自分のことを殴っただろう。殴って「オーリーたちが死んだのも、恋人が去っていったのもおまえのせいだ」となじったかもしれない。クロエはそれだけの重い荷物を背負っているはずだ。けれど、彼はただ黙ってなにもかも飲み込んで、クロエのことをなじりもせずに恨みがましい目で見ただけだ。

喧嘩すらさせてくれない、それがひどく悔しい。

けれど、クロエ自身も子どもであることに甘えすぎていた。めそめそとしていて、守られるだけだったから。

（頭を冷やそう……たぶん、ジンもしばらくは俺と離れたほうがいい）

互いに顔を突き合わせていたら、いつかは押し込めていた感情が噴き出してしまう。その前に距離を置いたほうがいい。

(ひとりで生きていけるようにならないと……)

自分の身くらい自分で守れるようにしなければ。

「駅は……こっち……」

見覚えのある看板を右手に折れる。

クロエはジンが気づく前にさっさと列車に乗りたくて、はあはあと息を切らして走り、駅へ向かった。

早朝の駅はまだひとが少なかったが、夜行列車が到着していたり、またこれからどこかへ向かおうとしているひとたちが行き来したりしていて、雑然としている。これならクロエには注目もされないだろう。

自分の耳には特徴がありすぎる。

ウサギの亜人なんて、目立つことこの上ない。だから耳はフードですっぽり覆って隠しているが、あまりにひとが少なければ紛れることもできない。ひとびとが駅の構内にいるのは願ったり叶ったりだった。

掲示されている列車の時刻表を見て、どの列車に乗ろうか迷う。

あまりもたもたしていると、ジンがクロエがいないことに気づいてしまう。

一番早く乗れる列車はルイニア行きだ。

ルイニアという地名は聞いたことはあるがよく知らない。イオのどのあたりだったかな、と地理の授業はいつも居眠りしていたことを後悔する。けれど近くても遠くてもまずはここから離れるほうがいいとクロエは決心する。

「すみません、ルイニア一枚お願いします」

切符売り場の窓口へ足を向け、ガラス越しに愛想のないネコ属の中年女性へそう言った。

「寝台は？」

寝台、と聞かれ、ルイニア行きがここからは随分遠い場所だと悟る。そうだ、地理の授業で先生がなにか言ってたっけ、とクロエは思い出す。

（航空の町だったっけ）

航空の町といってもやっぱり詳しくは思い出せない。飛行船やジャイロが自由に飛んでいるような町ならば、クロエに合っているような気がした。

「どうしますか？」

少し苛立《いらだ》ったような声が聞こえて、クロエは寝台のことを訊ねられていたんだった、と慌てて「に、二等で」と返事をする。

二等寝台は四人分の寝台があって、見知らぬ誰かと乗り合わせることになる。

本当は一等の個室がいいけれど、お金は少しでも節約したほうがいい。

発情期が治まったから、しばらく自分のフェロモンは出てこないはず。それなら二等寝台でも大丈夫だろう。

クロエの返答に「二等ね」と素っ気なく彼女は言い、続いて金額を口にする。クロエが金貨を一枚出すと、おつりと切符を小窓から差し出した。

クロエはそそくさとそれらを受け取って、すぐさまホームに向かう。

「二番線……」

ルイニア行きの列車は二番線ホーム。水色の車両に白い線がすうっと引かれているきれいな列車だ。まるで雲が浮かんだ空のような色合いの車両にクロエは知らない土地に行くという自分の背中を後押しされたような気がする。

よし、と小さく呟くと、停められている列車に乗り込み、寝台の座席に座った。

窓からそっと外を窺う。ジンの姿や追っ手らしきひと影はない。

「怒られちゃうかな。ううん、俺がいなくなったほうがうれしいかもしれないし」

ジンはクロエがいなくなったことを心配するだろうか。いや——心の中ではホッとしているかもしれない。

発車まではあと十分ほど。

ジンがこのまま来なければいい、と思う気持ちと、その反面追いかけてきて欲しいという気持ちがせめぎ合う。本当は——たぶん自分は追いかけてきてもらいたいのだろう。だけれども、ジンの気持ちを考えると一緒にいてはいけないと思ってしまうのだった。

ジリリリ……と、ホームに発車を知らせるベルの音が鳴り響いた。

これでジンともお別れだ、とクロエは再び窓から顔を出す。

すると、黒い大きなひと影が駅舎から飛び出してくるのが見えた。

クロエははっと目を見開く。

「え……ジン……？」

追いかけてきてくれた。

クロエの心臓がドクン、と大きな音を立てた。そして次に、ドクンドクンとさらに大きな音を立てはじめる。

「早く発車して……っ」

クロエはさっと陰に隠れるように身を縮めると、ぎゅっと両手を組み合わせて「見つかりませんように」と祈った。

発車までの時間がやけに長い。ほんの僅かな時間のはずなのに、列車がホームを滑り出すまで一時間にも二時間にも感じられる。

やがて、ガタン、と列車が音を立ててレールを滑りはじめた。

ガタン、ガタン、と規則的な振動がはじまりスピードが上がっていく。

クロエはそうっと窓から外を覗《のぞ》いた。

ジンと一瞬目が合ったように思ったが、気のせいだと思い込む。ほんの一瞬のことだ。

彼の目がクロエを捉えるのは難しいだろう。

列車は音階を奏でるような音を立てながら駅のホームから遠ざかっていく。見る間に駅舎は小さくなり、やがてひとつの点になった。

「ふう……」

クロエは窓にもたれかかるようにして席に腰かける。たったこれだけのことでとても疲れてしまった。幸いだったのはクロエの他に誰もこのコンパートメントにはいないことだ。

当分はひとりのまま気楽にいられる。

そうして通り過ぎる駅を窓の外に見て、逆へ向かう電車へ乗ったならば、また元の生活に戻れるような気がしていた。そんなこと不可能なのに。

逆方向の列車に乗ったら時間も逆に戻れればいいのに、とクロエはぼんやり思う。

けれど自分はひとりで生きていくことを決めたのだ。

自分のことを知るひとたちがいない場所で。

幸運の女神がクロエに微笑んだのか、同じコンパートメントに夜が明けるまでは乗客は来ず、結局明け方に着いた駅から乗ってきたヒツジ属の女性と相席になっただけだった。その女性もおとなしく、クロエに話しかけてくるでもなく終始編み物をしていたので一切言葉は交わさずにすんだ。

食事は食堂車には行かず、持ってきたパンですませる。パサパサに乾いていたけれど、我慢して少しだけ食べ、残りはまた鞄の中にしまっておいた。お金だっていつまで保《も》つのかわからない。できるだけ節約したほうがいい。

終点のルイニアに着いたのは、出発した次の日の午後。

それも夕方近くになってからだった。

列車から降り立ったとたん、強い緑の匂いがした。

自分が生まれ育ったレーキアも自然豊かな土地柄だったが、レーキアは平地だったのに比べここルイニアは――山岳地域だった。

窓から見えていた風景が徐々に変わっていき、列車自体が傾斜していたのもわかっていたが、降りてから改めてあたりを見ると本当に山の中だった。

どうりでなんとなく耳の調子が悪い。標高が高いため、気圧の関係なのだとは思うが音がすべてくぐもって聞こえている。

ごっくん、と唾《つば》を飲むといくらか聞こえがよくなったので、とりあえずこれで我慢する。きっとこの環境にもじきに慣れることだろう。

それにしてもルイニアまでやってくるひとびとは様々で、こんな山の中だというのに、降り立つひとの数も種族も多い。明らかにイオの国民ではないような民族衣装を身に着けたひとたちもいて、目を惹いた。

「あ……そうか、思い出した。ルイニアって、国境の町だったんだ」

隣国ラネルとの国境近くにあって、貿易が盛んだとそういえば授業でやったことをようやく思い出す。ラネルは童話の国と言われるほど、広大な森林や美しい城がたくさんある、どこを切り取っても絵になるような美しい国である。宝石になるような貴石の産出量も多く、芸術的な刺繍《ししゅう》や木工の工芸品もたくさんある豊かな国だ。

駅舎を一歩出ると宿の客引きが大勢いて、その誰もが皆、自分の宿に客を取るのに必死になっている。

「そこのお兄さん、もう泊まる宿は決まった？　安くしておくよ。うちの《きらめくそよ風亭》は金貨一枚で夕食だけじゃなくて朝食もつけてベッドもふかふか――」

クロエも声をかけられたが、一晩寝るだけなのに金貨はとても出せない。どこが安いんだ、と溜息をつきながら、散策がてら道を歩いた。

それにしても賑《にぎ》わっている町だ、とクロエは思う。

山間部にある町だから、交通機関は鉄道とそしてなんといってもここには飛行船の空港があるのが特徴だった。

航空の町という別名があるのも納得する。

「飛行船って乗ったことないんだよな。一度乗ってみたいと思ってたけど」

ジャイロはいつも乗っていたが、同じ空を飛ぶ乗り物で他のものには乗ったことがない。オーリーは空軍の敏腕パイロットだったというが、クロエは飛行機にも乗ったことはなかった。飛行船はたくさんの人を運ぶことができることと、遠距離の移動ができるが、やはり鉄道に比べると高価であった。また、空港自体があまりないためイオでも乗ったことのあるひとはそれほど多くないだろう。

ただ、隣国へ行くのには山を越えなければならないから、飛行船を使って山越えをするケースが多いようだ。

「飛行船の空港ってどこにあるんだろう」

一目飛行船を見てから、これからのことを考えよう。

そう思い、きょろきょろとあたりを見回すと、飛行船の絵と矢印が描かれた看板が立っているのが見えた。あれが案内板か、と矢印の方向へ足を向ける。

少し歩いていくとまた案内の看板があり、道を示していた。

二十分ほど歩いた先にひらけた場所があり、建物とその奥に大きな飛行船が見えている。あれがどうやら空港らしい。

クロエは近寄って飛行船を見つめた。

夕日に照らされて、赤く染まった飛行船はとても美しくて、いつまで見ていても見飽きない。

「もう最終便は出ちゃったよ。あれは明日の朝の便だよ」

突然通りすがりの年配の男に声をかけられた。

クロエが飛行船に乗る客とでも思われたのだろう。

「あ、いえ、見ているだけなので……乗客じゃないです。飛行船って実物をちゃんと見たことなかったから」

「ああ、そうだったの」

そう言って、年配の男は立ち去っていった。

だが、ずっとこの場所にいると不審者と思われるかもしれない。

ひゅう、と風がひと吹きして飛行船が揺れた。

その様子を見ながらクロエは「俺はいったいなんなんだろう」と口に出した。

あの宿を出てからの間、抱き続けてきた感情をその言葉に乗せる。

ジンが言ったことが本当なら、自分には両親はいないということだ。肉親と呼べるひとは誰もいなかった。どこの誰ともつかないひとの卵子と精子を都合よく組み合わせて生まれた、化け物のような存在。

今まで心の寄る辺にしていたことがあっという間に崩れ去って、クロエ自身を打ちのめしていた。

オーリーもマリエもジンも悪くない。

悪いというなら、自分を生み出した件の研究者と、その研究者が悪魔のような研究に手を染めるきっかけになったコフィンというわけのわからない組織だ。

だが、そういうやるせなさはどこにもぶつけることができずにもやもやとしていた。爪の端が小さく欠けたときのように、その欠けた部分のざりざりとした爪が引っかかってイライラとしたり、触れるたびその心地の悪さが気に障ったりする状態というか。

行き場のない憤りを胸のうちに燻らせて、爪のざりざりとした感触のような苛立ちを覚えている、そんな気分だった。


暗くなる前に、とにかく働き口かあるいはとりあえずの宿を見つけようと歩き回った。年齢は――十六という実際の年齢では雇ってくれないだろうと、いくつかさばを読んでみたが、身元が不確かなオメガを雇おうとするのは、いかがわしい酒場か、娼館《しょうかん》だけだ。

「あんたみたいな流れ者はよく来るんだよねえ。……それよりあんたオメガかい？　きれいな顔してること。あたしがいいところを紹介してやるよ。あんたくらい器量がよけりゃあ、すぐに売れっ子になれる」

まともそうな料理屋に働かせてくれと頼んでもニヤニヤと娼館に売り飛ばそうとするおかみがいたり、通りを歩いていると甘い言葉で誘ってくる男がいたり、クロエはいかに自分が甘いのかつくづく自己嫌悪に陥っていた。

働くところくらい、というか――皿洗いだったら自分だってできる。だから自活できるはずと思い込んでいたのに、その皿洗いにすらさせてくれない。

ひとまずその夜は宿を取って休むことにした。

あまり安宿にするとクロエのようなオメガは危ない目に遭いやすい。金が飛ぶのは痛いが自分の身のほうが可愛いから、普通の宿を取った。

だがすぐにでも仕事を見つけなければ、金はいくらあっても足りなくなる。このまま数日も宿で宿泊し続けたら手持ちの金はまったくなくなってしまうのだ。

次の日、今度は昼間に仕事を探し回る。だがやはり結果は同じだ。

別の町で仕事を探したほうがいいのか、それとも根気よくここで見つけたほうがいいのか。悩みながらとぼとぼと歩いていると、背後からクロエの肩をいきなりポンと叩《たた》く者がいた。

驚いて振り向くと、昨夜仕事を求めて出向いた店の従業員だ。

「よお、あんたまだ仕事見つかってねえのかよ。いい仕事あるぜ」

知らない振りをして、返事もせずに立ち去ろうとすると「おい！　返事くらいしたっていいだろうが」と今度は腕を摑《つか》まれる。

「離して！　離せよ！」

「うるせえな。俺がいい仕事紹介してやるっつってんじゃねえか。オメガのくせに贅沢《ぜいたく》言うんじゃねえよ」

「だっ、誰があんたに紹介しろって言った……っ」

「いいからつべこべ言わずに来いよ。俺もさ、ちょーっと要《い》り用でね」

へへ、と下卑た笑いを浮かべた男はクロエを力任せにぐいぐいと引っ張る。

「やっ、やめて……っ！　嫌だ……ッ！　離せッ！」

じたばたとしながらクロエは男の腕を振り払おうとするが、クロエの体は華奢《きゃしゃ》すぎて男の力の前には無力だ。行き過ぎるひとたちはトラブルに巻き込まれまいとして、皆知らぬ振りを決め込んでいた。

ずるずると引きずられながら、いかがわしい店へいよいよ引き入れられようとしたそのときだった。

「ちょっと、あんた」

澄んだ高い声が聞こえた。男の動きが止まる。

「なんだ、おまえ」

ああ？　と男が態度を大きくして声のほうを向いた。クロエもつられるようにそちらを見る。

そこにはたいそうきれいなネコ属の女性。独特な雰囲気の妖艶《ようえん》なひとだ。

「その子嫌がってんじゃないのよ。あんたもしかして無理やりその子をその店に連れ込もうっての？」

と声を荒らげた。

毅然《きぜん》とした態度の女性に男は眉《まゆ》を上げ、「うるせえな、てめえには関係ねえだろうが」

「関係ないわけないだろうが。あんたのようなモンがいるから、最近のルイニアは治安が悪いって言われてんだよ。昔っからここじゃあルールってもんがあるんだ。そのルールを守れないやつはルイニアで商売する資格なんかないってんだよ。ガキが！」

きっぱりと啖呵《たんか》を切る女性に男は逆上し、クロエを摑んでいた腕をほどく。そうして女性へ向かって拳を振り上げた。

「あぶないっ！」

女性が殴られてしまう、とクロエは思わず叫ぶ。が、次の瞬間、地面に転がっていたのはクロエを連れ去ろうとしていた男のほうだった。

え、とクロエが目を丸くする。転がっている男の前には、クマ属の大男が突っ立っていた。クマ属の男は地面に転がっている男を軽々と摘まみ上げる。

「い……っ、いてえよおっ……！」

男はしたたかに殴られたらしい。空中でじたばたしながら叫んでいる。

「わかった？　この町で好き勝手なことしたらただじゃおかないよ。文句があるなら新月亭までおいで」

ふん、と女性は鼻を鳴らす。

「ギアン、もういいよ。そこらに転がしときな」

「了解」

ふたりはそう言い合うと、クマ属の男が摘まみ上げていた男を手放した。どすん、と大きな音を立てて男は尻餅《しりもち》をつく。そうしてすぐさまそこから逃げるように走って去ってしまった。

クロエは茫然《ぼうぜん》として、その場に座り込んでいた。

怖かったことと、それから助けられて安心したことと……彼女にお礼を言うのに立ち上がらなくちゃいけないと思いつつ、体のほうが動かなかった。

「大丈夫？」

つい今し方まで、いかつい男と張り合えるだけの啖呵を切っていた女性はとてもやさしい声でクロエに話しかけてきた。

「は、はい。その……ありがとうございました」

立ち上がろうとしてもできないクロエに女性はにっこりと笑う。

「いいのよ、無理しないで。怖かったね。私はミュカ。町の外れで宿屋をやっているんだ。あんたは旅行者かい？」

ミュカという名前の女性に訊ねられ、クロエは首を横に振った。

「旅行で来たんじゃありません……その……働く場所を探していて……」

「働く場所？」

「ええ。どうしても働かなくちゃいけなくて……俺……」

「どうしても？　それはなぜ？」

聞かれてクロエは返答に詰まった。なぜなら自分の事情を話すわけにはいかなかったから。事情を話せばきっとジンやヒュウゴのもとに送り届けられるだろう。それだけは避けたい。

なにも言わずに俯いたクロエにミュカは手を差し伸べた。

「ねえ、あんた名前は？」

「名前？」

思ってもみなかった反応が返ってきて、クロエはきょとんとする。

「そう、名前よ。私が名乗ったんだから、あんたも名乗りなさい」

「は、はいっ。クロエです」

「そう、クロエ、ね。じゃあ、クロエ、お腹は空いてない？」

「お腹……」

そういえば、今朝残りの固くなったパンを食べきって以来なにも食べていない。と思うなり、ぐう、と腹が鳴った。

「あはは！　お腹は正直だねえ。ギアン、この子をうちに運んで」

「え⁉」

クロエは目をぱちくりとさせた。

「お腹空いてんだろ？　おまけにおそらく今日はへとへとになるまで歩き回ったんでしょうよ。それにね、あんたは怖い目に遭ってたくさん泣いた。そういう子にご飯食べさせて慰めたいって思うのはなにも不思議なことじゃないだろう？」

「でも、あの……俺、助けてもらったのにその上」

「さあさ、あんまり喋《しゃべ》るとまたお腹が鳴るよ。うちのご飯はそりゃあもう美味しいんだから。ほっぺたが落ちるよ」

行くよ、とミュカは言ってクロエの手を引く。そうして立ち上がるとすぐに、ギアンと彼女が呼んだクマの男性がひょいとクロエを抱き上げて軽々と肩車をしてくれた。

「わっ、わわっ」

この年になって肩車をされると思わなかったため、バランスを崩してしまう。

「あははは。ちゃんと摑まっておいで」

ミュカは朗らかに笑いながら、鼻歌を歌って道を歩きはじめる。

その歌はクロエもよく知っているイオの民謡だ。マリエがよく口ずさんでいた。

まるでマリエが歌っているような気持ちになりながら、クロエはギアンから落ちないようにしっかりと体を支えていた。

連れられていった新月亭はとてもすてきな宿だった。

こぢんまりとした建物は隅から隅まで手入れが行き届いている。一歩足を踏み入れただけで居心地の良さが伝わるような宿だった。

今夜は昼間に虫除《むしよ》けの薬を全部の客室に散布したということで客は取らなかったのだという。それでたまには繁華街に出かけて情報収集しようと思ったところで、クロエとあの男との騒動に出くわしたのだとミュカは言った。

情報収集はこのルイニアでは重要なことなのよ、と彼女は難しい顔をする。

というのも、イオと隣国ラネルとの関係が貿易やひととの行き来に影響するからということだ。それがごく些細《ささい》なことだったとしてもルイニアに滞在する客へあおりをくらうことがあるからなのだと説明された。

「まあ、そんな話は置いといて、温かいうちに食べてしまいなさいよ」

ミュカの言うとおり、出されたご飯はとても美味しかった。

ジャガイモを千切りにして作ったパンケーキ。白いソースをかけて食べなさいと言われたので従ったのだが、それが絶品だった。きっとチーズクリームのソースだったのだろうけれど、ソースにコクがあって、そしてパンケーキは外側がサクサクで、中はモチモチしていてその白いソースがとても合う。また、スープはキノコがたくさん入ったとろとろのクリームスープ。スープにパンケーキを浸して食べてもとても美味しい。それから甘く煮たニンジン。舌だけで潰《つぶ》れて蕩《とろ》けるような味わいだ。

「美味しい……！」

はじめは遠慮していたクロエもあまりの美味しさに、料理を口に運ばずにはいられない。これを途中でやめるなんてとてもできなかった。

疲れていたことと、昨日からろくに食べていなかったこともあって、あっという間に出された料理を平らげてしまう。あまりに勢いよく食べていたせいか、ミュカがクスクスと笑っていた。

「ごちそうさまでした」

そういえば、こんなにたくさん……お腹がはち切れそうになるまで食べたのはいつ以来だっただろう。

オーリーとマリエが亡くなってからというもの、食べるには食べていたがここまでたくさん食べることはなかったような気がする。

空になったスープの皿と、パンケーキののっていた皿を見つめて、やっとゆるゆると心がほどけていくような気持ちになっていた。それはミュカとギアンがくれたあたたかい言葉のせいだ。クロエの心を癒《い》やし、まるで家でご飯を食べているような気持ちにさせてくれたから。

「――で、どうするの？」

ミュカに聞かれて、はっと顔を上げた。

「え？　なんですか」

聞き返すと、ミュカは苦笑した。

「やだねえ、聞いてなかったの？　あんたさえよけりゃここで働いていいわよ。住み込みでご飯は食べさせてあげられるわ。でもそんなにたくさん給金は出せないけれどね。それでもいいなら」

ミュカの申し出にクロエは目を丸くした。

「え、あの、え？」

「なんなのよ、その顔は。働き口を探しているっていうから、働いてもいいわよ、って言ってるの。どうする？」

口調は多少荒いが、彼女はやさしく笑っている。

「あの、本当にいいんですか」

ミュカの言葉が本当なのかどうなのか、ただからかっているだけなのかも……と、言われた今でも疑問に思いながらクロエはおずおずと聞く。

「いいって言ってるじゃない。ルイニアのことなんかなんにも知らないオメガの子が、わざわざここで働きたいって言ってるんだもの。なんか事情があるんでしょ。見たところ育ちはよさそうだし、世間知らずだし、そういう子を黙って放り出すほどこのミュカさんはひとでなしじゃないわよ」

「俺――」

クロエが少しは事情を話したほうがいいのかと思い、口にしかけるとミュカはそれを阻むように「いいのよ。言いたくないことは言わなくていいの」と言う。

「いつか、言えるときがきたら教えて。それまではあんたはここにいたらいいわ。美味しいご飯を食べてゆっくり眠って、そしてたくさん働くの。いいわね？」

ミュカはなにも聞かず、よけいなことをなにもクロエに言うこともなく、黙って雇い入れてくれた。明らかに訳ありとわかっていて、それでも快くクロエを助けてくれたのだ。

「あ……ありがとうございます……」

クロエは深々とミュカに頭を下げた。

「気にしないで。ちょうどひとを増やしたかったところだったの。クロエみたいな可愛い子が手伝ってくれたらきっとお客も喜ぶわ。……ああ、うちは変なことはないからね。安心して。それから妙な客に絡まれたら私かギアンにさっさと言うのよ。ギアンは腕利きの料理人だけど同時に腕利きの用心棒だから」

さっきのギアンを見ていればミュカの言うことも納得がいく。

いかつい男相手に、なんてことないとばかりにひょいと摘まみ上げるあの様子を見てしまえば、信用しないわけにはいかなかった。

「さ、ついてらっしゃい、部屋に案内するから」

ミュカに言われクロエはおとなしくついていく。親切なひとたちに出会えて自分は幸運だったと心底安堵《あんど》する。

きっと天国のオーリーとマリエが守ってくれたのだ。

ありがとう、と心の中でひっそりと祈った。

「この部屋は自由に使っていいわ。発情期が来てもここなら一番奥まったところにあるからそんなにお客さんには影響しないでしょうし。今新しいシーツとタオルを持ってきてあげる。荷物はそれだけ？」

聞かれてクロエは頷く。斜めがけの鞄ひとつだけがクロエの荷物だった。クロエはそんなに体力があるわけではない。あまり大きな重たい荷物だと、動き回るとすぐに疲れてしまう。それに大きなものを持っていると目立って仕方がないからだ。

「そう。……じゃあ、着替えも必要ね。そうだ、明日一緒に買い物に行きましょう」

「そ、そんな……！　悪いです。こんなにしてもらっているのに、その上」

クロエが言うとミュカはふう、と大きな息をつく。どうしよう、ミュカを怒らせただろうか、と思っていると彼女はクロエの肩をぎゅっと抱いた。

「だめよ。清潔なものを着ていないと心まで汚れてくるの。毎日洗濯したものを着て胸を張っていないといけないのよ。着たきりスズメってのは論外。だからあんたは明日私と一緒に買い物に行くの。いいわね？」

「はい……わかりました。ありがとう、ミュカさん」

ミュカと話をしていると、本当にマリエと話をしているような気持ちになる。もちろんミュカのほうがずっと若くてきれいなのだけれど。

「ミュカでいいわよ。さ、今夜はゆっくり休みなさい。明日からはこき使うから覚悟しておくのね」

ミュカはそう言ってウインクしてみせる。そしてシーツを取りに行ってくるわ、とくるりと背を向け軽やかに立ち去っていった。

クロエは部屋のドアを開ける。

部屋に入り、入り口近くにあった電灯をつけた。

ぱあっ、とすぐに部屋の中が明るくなる。クロエはしばらくドアの側に立って部屋の中をぐるりと見回す。それほど広くはないが窓が大きくてきっと日当たりがいいだろう。

いい部屋だ、とクロエはベッドの側まで歩いていく。鞄を出窓に置くと、ベッドに腰かけた。ぽふん、とよく干した布団がやわらかく沈む。

コンコン、とノックの音が聞こえた。

はい、と返事をするとミュカがドアを開けて入ってくる。

「シーツとタオルよ。それからこれはとりあえずの着替え。ギアンのだからかなり大きいけど、明日の朝まではそれで我慢なさい。さっさと着替えてそっちの服をよこして。洗っておくから。空気が乾いてるから、干しておけば朝までには乾くでしょう」

言われて、さあさあと急《せ》かされ、クロエはあたふたとその場で着替える。着替えている間、ミュカはベッドのシーツを替えてくれていた。

「これでいいわ。じゃあ、ちゃんと眠るのよ。──おやすみ、クロエ」

汚れたクロエの服を抱えてミュカは部屋を出て行った。

ミュカの背中を見送るクロエの心は温かくなっていた。

「ありがとう、ミュカ。おやすみなさい」

そう呟くように言うと、灯《あか》りを消してベッドの中に入る。ピンと張られたシーツが心地いい。

カーテンの隙間から月明かりが差し込んでいた。

──ジンは……。

思い出さないようにしていたが、ジンは今頃どうしているだろうか。

クロエがいなくなって探しに駅まで来てくれて……その後彼はどうしただろう。

「きっとせいせいしてるって。そうだよ……だって俺はジンに憎まれても仕方がないんだから」

口にすると声と一緒に目から涙も一緒に出そうだった。クロエはぎゅっと目を瞑って涙をこらえ布団をすっぽり頭までかぶる。

その後すぐにクロエは眠りに落ちたのだった。

新月亭での暮らしはとても楽しいものだった。

朝から晩までくるくると働くと、お腹も空《す》くし、そうしたらご飯がたくさん食べられる。なにしろギアンの作る食事はとても美味《おい》しくて、ぺろっと平らげた先からまた食べたくなるほどだった。

なにも考えないで働いて、ベッドに入ったらあっという間に眠ってしまえる。

よけいなことを考えないというのは、今のクロエにとってはとてもありがたいことだ。

働いている間はジンのことも思い出さずにすむ。

彼に対する後ろめたさを感じなくてすむのだから――。

「クロエ、シーツの交換終わった？」

「あと二部屋！」

「それが終わったら、洗濯頼むわね」

「はーい！　あっ、ミュカ、カーテンがほつれているところがあるんだ。だからそれを繕ってから洗濯でもいいかな」

「もちろんよ。お願いね。あんたは仕事が丁寧だから助かるわ」

はじめは繕いものなんかクロエはまったくできなかった。が、ここではなんでもできないと仕事にはならない。よくしてもらっているミュカたちのためにも、仕事で報いたいと思って、必死で裁縫も練習したのだ。

もともと器用なたちなので、簡単な繕いものくらいならできるようになり、おかげで助かっているとミュカは言う。

仕事をしているのは楽しかった。新月亭の客層もよく、クロエにも親切にしてくれるひとたちばかりだ。

ここにやってきて二週間ばかり経ったある日のことだった。

クロエが宿の受付にいたとき、ドアのカウベルがカランと鳴った。

宿泊客かそれとも食事の客か、とクロエが覗《のぞ》き込んだときだ。

「ここにクロエという者はいるか」

ドアが開くなり聞こえたその声にクロエの体は固まった。

大きく開いたドアの向こうには、黒い毛皮の大きな体――ジンがいる。クロエの目は大きく見開かれた。

ジンもクロエがそこにいるのを見て、目を瞠《みは》る。

「クロエ……！」

ジンはクロエの名を呼んだが、クロエはさっとそこから逃げ出した。

「クロエ……っ！　頼む、話をさせてくれ」

だが、クロエはジンと顔を合わせたくはなかった。

ジンの大きな声に、ミュカが飛び出してくる。

「なんだい、あんた」

怪訝《けげん》そうな顔をしてジンをじろじろと見る。ジンは我に返り、姿勢を正した。

「大声を出して申し訳ない。今、ここにクロエという者がいたと思うんだが」

ジンはミュカに訊《たず》ねる。

「あんたなんなの？　名乗りもしないでいきなりなに？」

じろじろと見ながらミュカはジンに聞いた。ミュカにしてみれば、クロエはこの男から逃げたのだから、警戒しているのだろう。

「大変失礼した。俺はジンという者だ。空軍第三部隊所属の中尉だ。嘘《うそ》だと思うなら問い合わせてくれてかまわない。クロエとは……遠縁にあたる」

陰でジンの言うことを聞きながら、クロエは「遠縁どころか血も繋《つな》がってないのに」とぽつりとこぼす。

「で、遠縁のはずが、なんであんたが姿を見せたとたんにクロエが逃げちまったのよ」

ん？　とミュカが睨《にら》みをきかせると、ジンは「それは……」と目を伏せた。

「あいにく、クロエはうちの大事な子なんでね。その子があんたに会いたくないってことなら、私は絶対にあんたをクロエには会わせないよ」

ミュカはきつい口調でジンに言う。

「頼む。少しの時間でいいんだ。クロエを呼んできてくれないか」

「しつこいねえ。中尉さんがそれだけ言うならなんか事情があるのかもしれないけど、でもねえ、どういう事情か知らないけれど、嫌がってるのを無理やりに連れてくることはしたくないんだよ。諦《あきら》めてくれない？」

帰った帰った、とミュカはジンを追い出しにかかる。

ジンは諦めたように溜息《ためいき》をついた。

「わかった。今日は帰る。――クロエ、聞いているんだろう？　あのときは俺が軽率だった。また明日来るからちゃんと話をさせてくれ」

ジンの口調は相変わらず感情がわからない。怒っているのかそうでないのか、まったく摑《つか》めなかった。けれどクロエに対しては呆《あき》れているに違いない。

クロエもジンと一緒にヴァスアトへ行けばいいのはわかっている。けれど、ジンとふたりきりにはなりたくない。

たとえヴァスアトに着いてもそれから先は……？

まだなにも決まっていない。

たぶんこれから先の人生もコフィンがいる限り、誰《だれ》かが側《そば》にいて自分を守り続けるのだ。

その誰かがジンだというのが今は辛《つら》い。

彼だって自分を守るという任務につくのは苦痛なことだろう。

別の誰かに替えてくれたなら……。

クロエは宿から出て行くジンをそっと覗き見ながら、きゅっと唇を嚙《か》んだ。

「ミュカごめんね」

ジンが出て行った後、クロエはようやく顔を出す。

「クロエはあいつから逃げてたのかい？　ひどいことされたの？」

「ひどいことはされてないよ。事情を全部話すことはできないんだけど……俺はあのひとから大事なものを奪っちゃった原因みたいなものだから、顔を合わせたくなくて」

「原因？」

「うん。俺の存在そのものがね……。俺は知らなかったんだけど、そうみたいで。あのひとに顔を見たくない、って言われちゃった」

「ふ……うん、そうだったの。でもあいつはクロエに会いに来たんだよ？　もう気にしちゃいないんじゃないのかい？」

「ううん、あのひとが俺のところにやってきたのは仕事だからだよ。仕事でどうしても俺と一緒にいなくちゃいけなかったから」

「そう……ねえ、クロエはあいつのこと好きなのかい？」

いきなりミュカが妙なことを言い出した。

「え？　どうして？」

ミュカに言われてクロエの心臓がドキドキと鳴る。狼狽《うろた》え気味に聞き返した。

「そういう顔しているから」

「そういう顔って……？」

自分がどういう顔をしているのかわからない。ミュカにはどんなふうに見えているのだろう。するとミュカは目を細めた。

「好きなひとに嫌われるって辛いな、って顔。クロエはあの軍人さんを遠ざけたくてここまで来たの？」

半分当たっていて、半分は違う理由だ。クロエ自身、ヴァスアトに行けばいいのはわかっていた。クロエにもコフィンの手に落ちたくない気持ちはもちろんある。むざむざと彼らのもとに自分の体を差し出すのは、自分を守ってくれていた大好きな家族だったひとたちを蔑《ないがし》ろにするのと同じことだから。

けれど、ジンとは一緒に行けないと思った。それはミュカの言うとおり――ジンのことが好きだったから。

「少し当たってる。俺……家族を亡くして、それでジンと一緒に俺を置いてくれるところに向かっていたんだけどね……その途中で、俺の家族が亡くなった原因とかジンの大事なひとを奪った原因とか……俺にあるってことがわかって、それでジンに顔を見られないって言われて……。それが辛くて逃げ出したから……戻らなくちゃいけないのはわかってるんだけど、でも……」

クロエだってわかっているのだ。自分がとても子どもっぽい駄々をこねていることくらいは。単なる自分勝手な我《わ》が儘《まま》でここまでやってきた。

だから新月亭で働きはじめて気持ちが落ち着いてくると、なんてバカなことをしたんだろう、と自分が恥ずかしくなった。けれどやっぱりジンの側にはいられないな、とも思ってしまうのだ。

「そうだったの。わだかまりがあるとお互い辛いわね。まあでも……クロエはなにも悪くないわよ。ちょっと軽率でおバカさんだったかもしれないけれどね。あんたはまだまだ子どもと一緒だし、その子どもに大人の事情を突きつけて八つ当たりしたってことでしょ、あの軍人さんは。私に言わせればあいつもガキよ」

「そ、そこまで言わなくても」

容赦なく斬《き》って捨てるようなミュカの言いように、クロエは焦った。

ジンにだって事情があるのに。

ミュカがジンを責めるのは少し辛い。クロエの顔が複雑に歪《ゆが》む。

「……ほら、あんたがそんな顔して庇《かば》うのはやっぱりあいつのことが好きだからなんでしょ。わかったわ。あいつはまた来るって言っていたけど、少しお灸《きゅう》を据えないとね。クロエが辛い思いをしていることあいつは知らないんでしょうから」

「ミュカ……」

「私はね、はじめてあんたと会った日のことが忘れられないのよ。あんたは本当にひどい有様だった。その可愛《かわい》くてきれいな耳がだらんと力なく垂れてしまって、ふるふると震えてとても傷ついていた。この子は体も心も悲鳴を上げている、って私は思ったの。あの軍人さんにも事情があるだろうけど、あんたも傷ついたの。だから傷ついた、って叫んでいいのよ。そのくらいしたってバチなんか当たりゃしないわ。だからね」

任せておいて、とミュカはぎゅっとクロエを抱きしめた。

「おかえりなさい。……ああ、クロエ、またジンが来たわよ」

クロエがお使いから戻ってくるなり、ミュカが呆れたようにそう言った。

「え？　また？」

クロエが驚いたのも当然で、ジンは昨日も新月亭を訪れたばかりなのだ。ミュカもはじめのうちは「すぐに諦めるわよ」と言っていたが、諦めるどころかだんだんとやってくる頻度が高くなっている。

最近ではミュカもさすがに追い返すことに気が引けているのか複雑そうな顔をしていた。

「お土産《みやげ》ですって」

ミュカはクロエに小袋を渡す。クロエがその小袋を開けると、中には色とりどりの飴玉《あめだま》が入っていた。赤い色や黄色い色、また水色のまん丸い飴玉は見ているだけで気持ちを浮き立たせる。菓子というと焼き菓子が多いためか茶色い色というイメージだが、この飴玉はまるで宝石のような美しさだった。

「ジンはこんなのどんな顔して買ったんだろう」

むっつりとした顔しかろくに見たことがないから、このような可愛らしい菓子を彼がどんなふうに買ったのかクロエにはまるで想像ができなかった。

こうして彼は来るたびにクロエに土産をよこす。昨日はお花の砂糖漬けだったし、その前は甘い木の実だった。

彼はクロエが甘いものが好きなのを覚えていてくれている。

そういうところがジンらしいやさしさなのだと胸が痛くなる。けっして彼はクロエの気を引こうとしているのではないのがわかっているからこそ。

「そろそろ顔を合わせる気になった？」

ミュカに聞かれて、返答に詰まった。

クロエだってどうしたらいいのかわからない。ジンに会ってもお互い辛い気持ちを抱えるなら会わないほうがいいだろうし。

だから黙って首を横に振った。まだ彼と顔を合わせる勇気が出ない。

「そう……まあ、クロエが会いたくないっていうならいいんだけれど」

ミュカは苦笑を浮かべる。強情を張っているのはクロエ自身承知だ。いずれはきちんと話をしなければとは思っているけれど、それは今日ではないだけの話で。

「さあさあ、今日も忙しくなるよ。ああ、クロエ、そういえばお塩は買ってきてくれた？」

重い雰囲気を打ち消すかのようにミュカが明るい声を出す。

こういうところがクロエはとても好きだ。

「もちろんだよ。ラネルの岩塩だったね」

「そうよ。やっぱりうちの料理にはあの岩塩じゃないとね。他の塩じゃあ、しまらないもの。そろそろ唐辛子のピクルスがきれそうだからギアンに言っておいてくれる？」

「うん。ねえ、ニンジンのピクルスも一緒に頼んでいいかな？　ギアンのピクルスは本当に美味しいから」

「もちろんよ。好きなだけ作ってもらいなさい」

ミュカの返事にクロエは笑顔になった。

次の日、ジンは来なかった。

その次の日も。

いよいよクロエのことは諦めたのかと思った数日後のことだ。

昼を回った頃、カラン、とカウベルが鳴ってドアが開いた。

宿屋の客はたいてい夕方訪れるし、食事の客も同じだ。正午を回ったくらいの時間に訪れる客はほとんどいない。

そんな時間にやってくるのは、最近ではジンくらいなものだったから、そのときもまたジンがやってきたと新月亭では皆そう思っていて、だからクロエは姿を隠し、ミュカはすぐさまドアのほうへ足を向けた。

「邪魔するよ」

だが、ドアが開いてすぐに聞こえた声はジンのものではない。

見知らぬ客にミュカは拍子抜けしたような顔をした。目をぱちくりさせている。

「俺はヒュウゴという者だ。ジンが何度かこちらにお邪魔したようだが、俺はジンの上司にあたる者だ。……悪いが、クロエを呼んでくれないだろうか。クロエは俺のことをよく知っている」

ミュカと客のやりとりを物陰で聞いていたクロエはすぐさま飛び出した。

「ヒュウゴ……！」

「クロエ、来るのが遅くなって悪かった。それに……俺はおまえにいろいろと謝らなくちゃいけないこともある。ジンから全部聞いた。全部俺のせいだ。ふたりには申し訳ないことをした」

ヒュウゴはクロエに謝る。

「ヒュウゴ……俺……ジンのこと……」

てっきりジンのもとから逃げ出したことをヒュウゴに強く叱《しか》られるかと思ったけれど、それどころか逆に謝られてクロエは身の置きどころがなくなる。自分がなぜ逃げ出したのか、ヒュウゴに会ったらどう説明しようかといつも考えていたのに、頭からすっかり抜け落ちてしどろもどろになってしまった。

「わかってる。ジンから話を聞いた。おまえが逃げ出すのも当然だ。俺が迂闊《うかつ》だった」

クロエはううん、と小さく首を横に振った。

「ヒュウゴのせいじゃないし、俺も……軽率だったと思ってる。でも……」

ジンの側にいたくない、という言葉を制するように、ヒュウゴは口を開いた。

「いや、やはり知らなかったとはいえ、俺の責任だ。ともかく、クロエが無事でよかった」

ほっとしたようにヒュウゴが言う。

クロエは大きな体を小さくしているヒュウゴを見て、随分と心配をかけたのだろうと思った。

「そんなところで突っ立ってないで、こっちに座って。クロエもそのにいさんとなら話ができるんでしょうし」

ミュカはヒュウゴを中へ通し、話をするようにと言った。

「ありがとう。じゃあ、お言葉に甘えて——クロエ、話をさせてもらってもいいか？」

「……うん」

クロエは頷《うなず》く。ヒュウゴと話ができるなら、もうジンとは会えないと言える。そうしたらもう本当にジンに会わずにすむ。……これでいい。

食堂ならまだ客はいないということでゆっくりできるだろうと、ミュカはヒュウゴとふたりきりにしてくれた。

ミュカが淹《い》れてくれたお茶を前にしてゆっくりと呼吸を整える。なんて切りだそう、そう思っているとヒュウゴが口を開いた。

「まずは、改めて謝る。おまえにきちんと事情を話しておかなかったのが今回の発端だからな。すまなかった」

　ヒュウゴは深々と頭を下げた。

「おまえの事情をおまえ自身に告げていなかったのは、オーリーの方針でもあった。ただ、オーリーが亡くなった以上早く告げるべきだったと思っている。それは俺の判断ミスだ。それに加えて、ジン——あいつの事情を俺は知らなかった。あいつの恋人のことを知っていたら、おまえの護衛にジンをつけることはなかった。それがふたつめのミス」

　クロエは聞きながら目を伏せた。

「まさかジンがあれだけこじらせているとは思わなかったのでな。あいつは優秀だし、オーリーの縁の者だったし、聞けばおまえとも知らない間柄ではないというから護衛には都合がいいと安易に思ったのが間違いだった。……裏目に出ちまった」

「……ジンは……なんて……？　ヒュウゴは全部聞いたの……？」

　クロエがジンのもとを去ってから、彼はどういう気持ちでいたのか。知りたいけれど聞かないほうがいいような気もする。

「まあ、そうだな。おまえがいなくなったという連絡を受けたら理由を聞かないわけにはいかないだろうが」

「それで……？　ジンはなんて説明したの？　俺のこと怒ってなかった？」

ヒュウゴにおずおずと聞く。

「怒ってなんかないさ。それどころか、ひどく落ち込んでいた。おまえにひどいことを言ったって後悔してたぜ」

「後悔？　本当に？」

「そりゃそうだろう。なにも知らないおまえに八つ当たりじみた態度を取ったんだからな。しかも……なんだ、その……はじめての発情期で体調崩してたんだろ？　気持ちも不安定だったってのに、信頼していた相手に冷たくされたらそりゃあ傷ついて当然だ。――あいつはクロエの気持ちを考えてやれなかった、って言ってたよ」

また自分の存在が彼を苦しめたのか。

「…………」

黙りこくったクロエにヒュウゴはふっと笑いかける。

「気にするな。今回のことは全面的にジンが悪い。あいつの気持ちもわからないではないが、軍人としては公私混同しすぎだっただろう。クロエを追い詰めさせたことについては、あいつも反省しているから、悪いが大目に見てやってくれ。このとおりだ」

ヒュウゴは再び深々と頭を下げた。

「ことをよけいに複雑にしちまって、申し訳ない。けど、オーリーもおまえに本当のことを告げなかったのは、おまえのことを愛していたからなんだ。本当の孫だと思っていたから……。真実を告げたら、おまえが辛い思いをするってそう考えた。……俺はそう思ってる。できればなにも知らせたくなかったんだろう。それがこんなことを招いたんだが」

「わかってるよ、ヒュウゴ……俺はもうなんとも思ってない。俺もジンには謝りたいって思ってたし。それに俺が迷惑をかけたことには変わりないから」

結局、皆クロエのことを考えてくれただけだったのだ。

愛されていたからこそ、糸がこんがらがってしまったかのように、気持ちが行き違ってしまった。ほどき直せばそれですむ話だ。それがたとえ困難だとしても。

「すっかり遠回りしちゃったけど、ヴァスアト……に行くよ。はじめからその予定だったものね。ごめん、俺が逃げ出さなければとっくに着いていたはずだったんだけど」

クロエがそう続けると、ヒュウゴは少し難しい顔をした。

「そのことなんだが……実はな。クロエに相談なんだが」

「相談？」

クロエは首を傾《かし》げた。相談というのはなんなのだろう。

「ああ、クロエだけじゃなくて――悪いがおかみさんを呼んでくれないだろうか」

「ミュカを？　いいけど」

「それから、言ってなかったが外にジンを待たせている。すまないがジンもここに呼んできてくれないか」

ヒュウゴがじっとクロエを見つめながら頼んだ。

おそらくクロエの態度次第で、ヒュウゴはジンをここに呼ぶことはしなかったのかもしれない。そういう言い方だった。

「ジン、来てるの？」

「ああ。あいつがきちんと謝りたいって言うんでね。それにこれからする話にもジンはいてくれないと困るからな。ダメか？」

ここで仲直りしておかないと、きっとお互いわだかまりが残る。クロエだってそのくらいのことはわかる。いつまでも拒み続けたところで禍根が残るだけだ。

「……わかった」

クロエは返事をすると席を立つ。ヒュウゴがほっとしたような顔になった。

ミュカに声をかけて、それから宿の外で待っているというジンのもとに急ぐ。

自分は彼とうまく話せるだろうか。そう思いながら、宿のドアを開けて、外の様子を窺《うかが》った。

入り口のすぐ近くに彼は立っている。広い大空を見上げながらなにかを考えているようにクロエには見えた。

クロエも彼の見上げている方向へ顔を上向ける。

今日はひどくいい天気だ。雲ひとつない、気持ちのいいくらい真っ青な空。

空の青さはどこでも変わらない。

ここで見る空も、生まれ育ったレーキアでも。そしてジンが仕事で飛んでいる空も。なにを思って彼がこの空を見上げているのかはわからないけれど、空を見上げたくなるような気持ちはクロエにもわかる。

「ジン」

勇気を出してクロエは声をかけた。

声をかけるまで心臓がドキドキとうるさく鳴って、呼吸が落ち着くまでややしばらくかかったけれども。

クロエの声に気づいて振り返った彼はいつもどおり、愛想のない顔をしていて、それが逆にクロエを安心させた。

「あの、ヒュウゴが呼んでる……中に入って」

やや緊張しながら言うと、彼は「ありがとう」と目を細めて微笑《ほほえ》んだ。

(あ……笑ってくれた……)

前のように——自分の身の上を聞かされる前のように、彼が接してくれたことがとてもうれしい。ヒュウゴの言うとおり、いくらかはクロエのことを考えてくれているのかもしれない。

嫌われていない、と感じるだけで、クロエはとても安心して、ジンと同じように微笑みながら「どうぞ」とドアを大きく開けた。

「ミュカさん、クロエを今まで預かってくれてありがとう」

まずは礼を、とヒュウゴがミュカに頭を下げた。

「ああ、そういう堅っ苦しいことはやめてくれない？　そういうのここが痒《かゆ》くなんのよ」

ミュカはそう言って、首筋をポリポリとかきむしる。

クロエはそんなミュカを見てクス、と笑った。

「そうか。では遠慮なく」

ヒュウゴも苦笑しているが、ミュカのこういう気取りのないところは話をしていても肩が凝らないから、彼としてもそう嫌ではないようだ。むしろ気が合うのではないだろうか。

「そうしてくれる？　気楽に話してくれたほうが私もうれしいわ。――それで相談ってのはなに？」

ミュカがヒュウゴに聞く。ヒュウゴはクロエへ視線を移し、そしてまたミュカへ戻した。

「その――大変図々《ずうずう》しい頼みなんだが、しばらく……できればこのままこの子を預かってもらえないだろうか」

その言葉に驚いたのはクロエのほうだった。

「えっ」

どうして、と口を挟む前に、ジンが横から口を出した。

「……ヴァスアトへは行けなくなったんだ」

「都合が悪くなってな。……あのときあのままヴァスアトへ行っていたら困ったことになっていた。行かなくて正解だったんだ。おまえがここに来てくれて助かった」

そうだったのか、とクロエは目をぱちくりとさせる。この言葉でなんとなく自分が逃げ出したことへの罪悪感が減ったような気がした。

「そこでミュカ、実はこの子は……クロエは訳ありでね。ここでこれまでどおり働かせてもらえるとありがたいんだが」

ヒュウゴが改めてミュカを見る。訳あり、と聞いて、普通ならばそういう厄介者は置いておきたくないというのが心情だろう。しかし彼女の返事はこうだった。

「なに言ってんのよ。はじめっからこの子はうちの子よ。頼まれるまでもないわ」

深い事情を聞くこともなく、さらりとそう言うミュカにヒュウゴはニッと笑った。

「悪いな」

「悪いと思ったらうちの売り上げに貢献していきなさいよ」

ミュカもにやりと笑う。

「もちろんだ。残念ながら今日中に戻らなくてはならないから、泊まることはできないが、食事をさせてくれるか。おすすめの料理と酒を頼みたい」

「任せておいて。今度はぜひ泊まっていって」

「了解だ。またぜひ寄せてもらうとしよう。……それからもう少しクロエと話がしたいんだが、いいだろうか」

「かまわないわよ。——クロエ、そういうことだから今日はゆっくりしていなさい」

ミュカはクロエに笑いかけると、席を立って厨房《ちゅうぼう》へと向かった。ミュカが立ち去った後、ヒュウゴは彼女が出て行ったほうを見やりながら口を開いた。

「いいひとだな」

「うん。俺がいかがわしいところに連れていかれそうになって困っているところを助けてくれたんだ。その上ここで働かせてくれて……恩人だよ」

「よかったな。——それで話というのはだな」

ヒュウゴが話を切り出し、クロエは身を乗り出して耳を傾けた。

クロエもヴァスアトに行けなくなった理由を聞きたい。それにヴァスアトに行かなくてよかった、と彼らが言ったのはなぜなのか、それもあわせて聞きたかった。

ヒュウゴはちらちらと視線をあたりにさまよわせ、自分たち以外に誰もいないことを確認してからひっそりと小さな声でこう言った。

「コフィンがヴァスアトの教会を襲撃したんだ」

それを聞いてクロエの顔が青ざめた。

「ジンからクロエがいなくなったという連絡を受けたとき、ちょうど教会への襲撃があったという連絡が入ってな」

そのヒュウゴの言葉を継ぐようにジンが口を開いた。

「クロエを追いかけて駅まで行ったが、一足違いだった。ちょうどルイニア行きの列車が出発したところだったから、その列車に乗ったんだろうとは思ったんだが」

切符を買っている間に発車してしまった、とジンが言う。

ただ、ルイニアに行く間にも大きな町はいくつかあり、クロエがどこで降りたのかは彼にはわからない。しらみつぶしに探し、結局ここにたどり着くまでにしばらくかかったのだと彼は言った。

「その間ももしクロエがヴァスアトに行っていたら、と気が気じゃなかった。俺のせいで危険な目に遭っていたら……。だからここでクロエの元気な姿を見られてうれしかったんだ。会ってくれないだろうとは思ったが、無事な姿を見られただけでよかった」

心底安心したとばかりに言うジンに、クロエは胸が引き絞られるような気持ちになっていた。彼が自分のことを心配してくれたのだと思うと、やはりうれしい。

「……心配してくれたんだ」

ぽつりと口にしたクロエの言葉にジンの表情が一瞬曇る。

「……当たり前だ」

「そっか……ありがとう」

ふふっ、と笑うクロエにジンは呼吸を整えるように息をつくと「悪かった」と謝った。

「クロエ、あのときは悪かった。言ってはいけないことをおまえに言って」

ジンの言葉をクロエは遮る。クロエは首を横に振った。

「仕方がないでしょ。ジンが俺を責めたくなる気持ち、俺にだってわかるもん」

「いや、でも……」

そうジンがまたなにか言いかけたところで、ヒュウゴが「おいおい」と呆れたように口を出した。

「いつまでも互いに謝り続けていては終わりがないだろうが。そのへんにしてくれないか。まだ本題に入ってないぞ」

ヒュウゴが笑って言う。

「あ、そうだった。ごめんね」

ジンと顔を見合わせてクロエは肩を竦《すく》めた。

「それで、ヴァスアトは危険ってことになったんだね」

「そうだ。ヴァスアトの他に、となるとすぐに引き受けてくれそうなところがなくてな。

アーラに近づけば近づくほどコフィンの影響があるだろうし。それでこのままルイニアにいるほうが安全だろうと考えたわけさ」

ヒュウゴはしかめっ面をして頭を抱える仕草をした。

「まったく、あいつらときたらやり方がえげつなくてな。幸い、ルイニアってのはラネルのすぐ近くってことで、あいつらの影響力もそう大きくはない。ラネルの民の多くは自然科学派だからな。コフィンとは考え方が近いようでまったく別物だ」

その分、クロエへの危険度は格段に低くなる、ということのようだ。

「クロエがルイニアに来たのは正解だったということさ。ここで預かってもらえるなら願ったり叶《かな》ったりなんだが、と思ってな」

そういうことか、とクロエは頷いた。

どうやら無意識のうちに危険を避けていたらしい。自分の運の強さにクロエは感心する。

「クロエは運が強いな。すんでのところで危険を避ける能力があるらしい。だが、だからといって、備えをおろそかにはできない」

そこでだ、とヒュウゴが難しい顔をした。

「ここならクロエも普通の生活を送れるだろう。ミュカも快く引き受けてくれたことだしな。ただ、やはりそうはいっても護衛は必要だ。コフィンの動きはクロエだけではわからないだろうし、ここは軍の誰かがクロエの側にいたほうがいい」

ヒュウゴの次の言葉をクロエは察した。

ジンを、と彼は言うつもりなのだ。

しかしいくら仲直りできたとして、ジンがこのまま側にいるというのはクロエには気が重い。ジンのほうだって同じ気持ちだろう。

ちら、とジンの表情を見やると彼はまるで表情を変えていない。これでは彼がどんなふうに思っているのかわからなかった。ますますクロエの気が重くなる。

「俺の言いたいことがわかったらしいな」

ヒュウゴは苦笑する。

「ふたりとも気持ちの整理がつかないだろうが、とりあえず用意が調うまでジンにルイニアにはいてもらいたいと思ってる」

「俺は……いいけど……でも……」

ジンはどうなの、と言いたいのに言えなくて口ごもる。

「別の人材が決まるまでの間だ。そう長いことじゃない。それならいいか」

ヒュウゴに言われ、クロエは目を伏せた。

彼の言うことは理にかなっている。クロエをひとりにしてはおけない、ということと、現在ジンがこの場所にいること。ジンがここにいるならば交代要員が来るまでの間はジンに任せておくほうが無駄がない。

数日……長く見積もっても一、二週間といったところだろう。

期限があるなら……ジンに冷たい態度を取られたとしても我慢できる。きっとうまくやれるはずだ。そのくらいなら。

クロエは「わかった」と小さく返事をした。

「わかったよ、ヒュウゴ。言うとおりにする……」

「ああ。なるべく早めに次のやつを連れてくる。――ジンもそれでいいな」

ヒュウゴが顔を振り向けるとジンは小さく頷いた。

ジンの気持ちがよくわからないまま、というのは諸手《もろて》を挙げて歓迎というわけにはいかないけれど、彼が納得しているのならそれでいい。どうせすぐに別の誰かがやってくる、とクロエはヒュウゴに従うことにした。

（だって、新しいひとが来たらジンとは会わなくてすむもの）

そう思うと寂しい気持ちと安心する気持ちがないまぜになる。

（これ以上嫌われなければそれでいい……）

こうして顔を見ると、ジンのことが好きだな、と思ってしまう。自分から逃げ出したくせにあと僅《わず》かの間、一緒にいられるのはやっぱりうれしい。

ヒュウゴがクロエの頭を撫《な》でてくれたけれど、この手がジンだったらいいのに、とクロエはひっそりと溜息を落とした。

その日の夜のことだった。

ヒュウゴは食事を終えると、用事があるからととっくに新月亭を後にしていた。ジンもさんざんミュカに酒を飲まされていたが、そろそろ、と腰を上げたところで宿の客がミュカに言いがかりめいたことを口にした。

「おい、ここの宿、なんかオメガくせえんだけど」

当然ミュカは聞く耳をもたず、「そう？　気のせいよ」と適当にあしらっていた。

が、クロエはそれが自分の体からフェロモンが漂いはじめたためだということに気づく。

はじめての発情期からまだ半月ほどしか経っていないのに、また発症したとでもいうのか。あの日はジンに特効薬を使ってもらってなんとか抑え込んだが、ここには特効薬はない。まだ次の発情期までは間があると思い、特効薬までは用意をしていなかったからだ。

手持ちのフェロモン抑制剤では完全に制御することはできない。

いずれにしてもここにいては迷惑をかける、と慌ててミュカに声をかけ、そのままクロエは部屋に戻った。

急いでドアの鍵《かぎ》を閉め、効かないとわかっていてそれでもないよりはましと薬を飲むと、ベッドの上で体を丸める。

またあの症状が体を襲うのかと思うと、不安に苛《さいな》まれた。

案の定、この前と同じように体が火照《ほて》りだし、内側から得も言われぬ艶《なま》めかしい疼《うず》きがクロエを支配しはじめる。

ゾクゾクとした淫《みだ》らな衝動に駆り立てられるように、クロエは自らの体に手を触れさせる。この前のヒートのときにシーツに擦《こす》りつけた乳首が存外に感じることを覚えていた。

あの刺激の甘さを思い出して、クロエはごくりと生唾《なまつば》を飲む。

そうっとシャツ越しに自らの乳首へ指を伸ばした。

指がそこに触れた瞬間、布越しだというのに、その微《かす》かなくすぐったさに鈍い痺《しび》れを感じる。

「ん……」

頼りない刺激が物足りなくて、もう一度おそるおそるそこを軽く指で擦った。すると背筋に甘い疼きが走る。クロエの指はもう止まらなかった。

指でそこを転がすように擦る。何度もそうしているうちに胸の小さな粒はシャツを押し上げてツンと硬く尖《とが》っていった。

それに連動するように、股間《こかん》のものも熱を持って膨らみはじめる。

ズボンの中が窮屈になっていき、乳首だけでなく、そこにも刺激が欲しくなった。

「あ……、あ……ん……」

こんなふうにいきなり淫らなことをはじめていいのかという後ろめたさと、抗《あらが》えない欲望とでクロエの気持ちはぐちゃぐちゃになる。本能だから、これは仕方がないことだと割り切ることもまだできなかった。

いよいよズボンを引き下ろし、膨らんだ場所に手を触れる。薄い下着の上からそこを撫でると、クロエの体がビクン、と跳ねた。微かな刺激にさえ、敏感に反応してしまう。

薄目でおずおずと自らの股間を見ると、そこに薄い布地がぴったりと貼《は》りつき、性器の形を露《あらわ》にしている。それだけでも目を覆いたくなるのに、既にじんわりと染みができていて、なおさら恥ずかしくなった。

そこから目を背け、半泣きでクロエは布越しに自分のものを慰めはじめる。

乳首も性器も布が擦れ、直接の刺激ではないぶん、もどかしさが募る。乳首を弄《いじ》れば性器が、性器を擦れば乳首が、とどちらかを休んでも満足するような刺激が与えられず、クロエはひたすら乳首と性器を触り続けた。

「や……ぁ、あ……ぁ……あんっ」

嫌だ。嫌だ。けれど、触っていないと頭の中がどうにかなってしまう。

快感を得れば得るほど、自己嫌悪で泣きたくなった。

そしてやはり布越しでは物足りずに、着ているシャツのボタンを外して、小さな胸の粒を指で押し潰《つぶ》す。コリコリとした芯《しん》を持ち、ぷっくりと膨らんだ乳首を指で捏《こ》ね回した。

「あ……ん……ぁ……」

摘《つ》まんで、捻《ひね》って、甘い疼きを堪能《たんのう》する。直接触れる刺激はまるで甘い甘い蜂蜜《はちみつ》のようだ。ベッドの上に体を投げ出し、下着を脱ぎ捨てて、思うさま性器を扱《しご》き立てた。

もう頭の中はどうしたらもっと気持ち良くなるかを考えるだけでいっぱいで、快感という甘い毒に脳みそごと溶けていくように思える。

けれど、まだ足りなくてベッドの上でのたうち回った。そのとき――。

コンコン、とドアをノックする音が聞こえる。ハッとクロエは我に返った。

「クロエ、クロエここか」

ジンの声だ。その声でいくらかクロエに理性が戻る。

「ミユ、ミユカを呼んで……っ、お願……い……」

クロエはドアの外にいるジンにミユカを呼んで欲しいと頼んだ。だがジンはよく響く声で「ここを開けてくれ」と言うだけだ。

「ジン、ジン、お願い。ミユカ、呼んで……っ、ジンは来ないで……っ」

そう声を上げている間にも、体が再び甘く疼いて、自分の体に触れずにはいられない。こんなはしたないところを見られるわけにはいかない。

「薬は？」

「飲んだ……っ、けど、でも……っ」

クロエの返事にドアの外にいる男は溜息をつくだけだ。

「やっぱり効かないのか」

困ったな、とジンがドアの外で呟《つぶや》いた。

「だ、から、ミュカを……」

「ダメだ。ミュカは呼べない。クロエ、わかってくれ。おまえの体を他の者に見られるわけにはいかないんだ」

それを聞いて、クロエは息を呑《の》んだ。

そうだ。自分の体には忌まわしい彫り物がされている。発情期のときに現れる、クロエが望んでいないもの。これがあるばかりに皆を不幸にする、その元凶。

誰にも見られてはいけない。この彫り物を守るためにジンはクロエのもとから去ることすらできない。

手持ちに特効薬がなく、医者からの薬も効かない以上、この体の疼きを治めるにはひたすら自分で慰めるか、もしくは誰かとセックスするしかない。けれど相手が――。

すると、カチャカチャという音のあと、カチリと鍵の開く音がした。

すぐさまドアが開き、ジンが部屋の中に入ってきた。

「ジン……」

鍵をかけていたのに、とジンの顔を見ると彼はひとつ溜息をついてこう言った。

「この程度の鍵ならすぐ開けられる。……悪いが不可抗力だ」

ジンはクロエにそう言うと、「楽にしてやるから」とクロエに歩み寄ってきた。

「来な……いで……っ、見ない……で……」

いやいや、とクロエは頭を横に振った。

シャツをはだけ、下肢は下着も脱ぎ捨てて、淫らな格好をしている自分をジンには見せたくない。すぐさま毛布をかぶった。

「……俺が……助けてやるから……大丈夫だ」

ジンの声がとてもやさしく聞こえた。

「助けるって……どうやって……っ」

毛布の中からクロエは声を上げる。くぐもった声は果たしてジンの耳に聞こえただろうか。

「悪いようにはしないから……おまえは目を瞑《つむ》って……気持ちよくなっていたらいい。夢だと思って。……だから」

甘い声、だと思った。それはもしかしたら、発情期という特殊な時期でクロエの願望もすべて一緒くたになっていたために聞こえた幻の声だったかもしれない。

けれどとろりと甘い声を出すジンの前にクロエの理性は溶けてしまっていた。

もとより好意を寄せていた相手だ。それはとても大人の恋と呼べるものではなかっただろう。だが、クロエはクロエなりにジンに恋していた。

嫌われても助けて欲しいのはジンだけ。ジンにだったら抱かれても、と心のどこかで願っていなかったといえば嘘になる。

無愛想で表情もろくに動かさないジン。

その彼がこんなふうに甘い声でクロエに囁《ささや》くなんて。

拒む間もなく、ジンがクロエの毛布を引き剝《は》がした。

ジンと目が合う。彼の瞳《ひとみ》を見たのは……ほんの数秒だったが、それはけっして冷たい色ではなかった。

「目、瞑っていろ」

ジンはそう言うと、クロエの体にゆっくりと覆いかぶさった。


そろそろと膝《ひざ》を開かされると同時に、ジンの手がクロエのものを撫で回した。

「……あっ、ああっ……」

薄紅の性器は勃起《ぼっき》しきって、さらに強い紅色に変わっている。先っぽからは先走りが溢《あふ》れ出ていやらしく濡《ぬ》れていた。

　ジンの指は彼の無骨さからは想像できないくらい繊細に動き、クロエの体を愛撫《あいぶ》する。性器を握り込んで扱き、陰嚢《いんのう》を揉《も》む。自分の手ではない手でそこを弄られるのはひどく気持ちがよかった。

　ぬちゅぬちゅと卑猥《ひわい》な音が立ち、それをクロエは自分の耳で聞く。ひとよりもすぐれた聴覚を持つその耳はその淫猥《いんわい》な音に、どうしようもなく興奮した。

　興奮するとますます体は敏感になる。

「ん……っ、ぁ、あ……ん」

　ジンに肌を吸われているその感触にクロエは仰《の》け反《ぞ》り、喉《のど》をさらす。

　彼はクロエの白い肌に赤い印を刻み、そして乳首をざらざらとした舌先で嬲《なぶ》った。既にクロエ自身の手で弄って膨らんでいた乳首はきっとジンが口に含むのにちょうどいい大きさになっているはずだ。その証拠に、ジンの舌は器用にクロエの乳首を転がしている。

「あ、あ……んっ、ぁ……ぁ」

　鼻から抜けるような声を漏らしながら、クロエは腰を揺らした。

「気持ちいいか」

　聞かれてクロエはコクコクと頷く。

　もっと触って欲しくて、胸を差し出すように突き出すと彼はほんの少し牙《きば》を立てて甘く噛む。それがどうしようもなく感じて声を上げながらシーツに爪《つめ》を立てた。

ジンの舌は胸元から下腹部へ移り、さらに彼の熱い息が性器を撫でている。

え、と目を開けると、濡れたジンの舌が今にもクロエのものに触れそうになっている。

「ジ、ジン……っ」

なにを、と思っているとあっという間にクロエのものが彼の口の中に含まれていった。

その光景を目の当たりにし、首筋から頭へかあっと血が上っていく。そしてなにも考えられなくなってしまった。

とろりとぬめる唾液《だえき》を絡めた彼の舌が、クロエのものを舐《な》めはじめる。彼の舌の熱さと艶めかしい動きに翻弄《ほんろう》され、クロエはしきりに声を上げた。

「や……ぁ、あっ、ん……っ、んん……」

こんな快感は知らない。

クロエはガクガクと内腿《うちもも》を痙攣《けいれん》させ、未知の快感に体を委《ゆだ》ねる。

じゅぷじゅぷと音を立ててジンにそこをしゃぶられれば、彼を拒む気持ちすら舐め取られてしまう。彼の牙がときおり擦れて、微かなその痛みすらひどく感じた。

「ジン……、ジン……っ、こわい……っ、ヘン……なの、俺……っ」

気持ちよすぎてどうにかなってしまう。

激しい快感の坩堝《るつぼ》に放り込まれ、クロエは泣きじゃくった。

「なにがだ。なにが怖い……？」

「お尻《しり》……ムズムズして……気持ち悪い……ジン……ッ」

クロエは腰をくねらせて、後ろに感じる疼きをどうにかしてやり過ごそうとする。ここを弄って欲しくてたまらなくなっていた。

じんじんとそこが痺れている。うずうずしてなにかで擦って欲しくてさらに腰を揺らす。

その動きはきっとジンを誘っていたのだろう。

彼の喉がごくりと鳴っていた。

いくら彼がフェロモンの影響を受けないようにするための薬を服用していても、所詮《しょせん》はアルファなのだ。クロエの発する強いフェロモンに完全に抗うのは無理に違いない。

「ここ、擦って……っ、ムズムズ……やだ……っ」

びくびくと腰を揺らしながらジンへ訴えかけると、彼はいきなり体を起こし、クロエの体を俯《うつぶ》せにさせた。そうして腰だけを上げさせるとクロエの尻を割り開く。

「え⁉　ジン……？」

体勢を変えられ、妙な姿勢を取らされてクロエは戸惑った。

「そのままおとなしくしてろ」

おとなしく？　とクロエが思った次の瞬間、剝《む》き出しになった双丘の狭間《はざま》をくちゅり、と濡れたもので撫でられる。それが彼の舌だと理解したのはすぐだった。

「えっ、やだ……っ、なに……!?」

息を呑んで、クロエは腰を捩る。ジンにそんなところを舐めさせていると思うだけで恥ずかしくてたまらない。

「いいから……クロエ、いいんだ」

ぬるぬるした舌が、クロエの固い蕾《つぼみ》をほぐしていく。

「あ……ぁ……い、やぁ……っ、あぁ……」

まさか、彼の舌でそこを舐《ねぶ》られるとは思いもかけなかったクロエは、恥ずかしさとか、申し訳なさとか、それからなにがなんだかわからない感情でぐちゃぐちゃになりながら、シーツをかき寄せる。

けれど、そういう感情とは裏腹に、与えられる刺激はクロエを気持ちよくさせていく。

また知らなかった快楽をクロエに教えた。

「ああっ……」

やがてほぐされた蕾にジンはつぷりと浅く指先を潜り込ませ、ぐるりとゆるく回す。

クロエの腰がぶるりと震えた。

そうして中の襞《ひだ》をかき分け、奥まで差し込まれていく。

ねちねちと、濡れた音が、彼の指が入っている場所から響いていた。そのいやらしい響きに、クロエは思わず耳を塞《ふさ》ぎたくなる。それでもその行為が後ろの疼きを治めてくれている。

指が増やされて、徐々に中を広げられる。じゅん、と後ろが潤んで彼の指を難なく受け入れていた。後ろをかき回されているうちに彼の指がある場所を引っかく。

「い、いやぁ――ッ、あ、あ、アッ……」

そこに触れられて、クロエの体がびくんびくんと跳ねる。感じたことのない凄《すさ》まじい刺激に後ろの蕾が戦慄《わなな》いていた。

ぐちゅ……と音を立てられ、後ろをかき回されれば、クロエはがくがくと首を左右に振りながら悲鳴を上げる。

溺《おぼ》れる――快楽に飲み込まれてしまう。

「イヤ……イヤ……ッ、ジン……っ、やめっ……」

こんなふうにあっさりと快楽の虜《とりこ》になってしまう体。

今の自分の姿がジンの目にどんなふうに映るかなど、考えたくもなかったけれど、それでも自ら誘うように尻を振ってしまう。

発情期なんか知りたくなかった。こんな体なんか欲しくなかった。

けれど――。

「……もっと気持ちよくなっていいから」

自分の背後にいる男が熱い息をクロエの背に吹きかけながら、抱きしめてくる。

快楽の海に落ちていいと言っている。

このひとに抱かれるなら――抱かれてもいい。いや、彼のものが欲しい。

もしかしたらこれっきりかもしれない。ジンの代わりのひとがやってきたら彼は自分の前から姿を消す。だったら少しくらい夢を見てもいいだろう、そんな考えが頭を過《よぎ》った。

「ジン……ジン……お願……い、ジンの入れて……ここ、入れて……」

ずるいな、と欠片《かけら》ほど残った理性がクロエにそう言っていた。オメガという性を利用して好きな男と繋がろうとしている。幼くて浅ましい考えだというのは未熟なクロエにだってわかっている。

ジンはクロエを少しだけ可哀想《かわいそう》に思ってくれているのだろう。そう、こうやって発情期に翻弄されている姿を二度も目の当たりにして。

だからきっと……そんなクロエを放っておけなかったのだ。たぶん――そのせいだ。彼は本当はとてもやさしいから。いくらクロエの存在が疎ましいものだとしても見捨てておけないくらいには。

ジンの理性はクロエの涙声での懇願に勝てなかったらしい。

彼はクロエの中から指を引きずり出すと、彼自身の昂《たか》ぶりを、クロエの蕩《とろ》けた蕾に押しつけた。

クロエもまるで迎え入れるように自ら腰を浮かせて濡れた蕾を擦りつけた。

追い詰めて……追い詰められたのは、果たしてどちらだったのか。

ズッ……と、ジンの欲望がクロエの窄《すぼ》まりにめり込んだ瞬間、クロエの細腰は踊るように跳ねた。

「あ、あ、あぁ……っ！」

ジンはクロエの逃げる腰をがっしりと捕まえると、彼の逞《たくま》しいものを楔《くさび》を打ち込むように突き入れる。そして熱塊が容赦なくクロエの腰を穿《うが》っていった。

「あ、んっ、あッ……んっ……」

それは指で弄られているのとはまた異なる快楽の波を呼び起こした。

ベッドが軋《きし》む中、部屋に満ちているのはクロエの滴るような喘《あえ》ぎとジンの荒々しい呼吸。そしてひっきりなしにクロエの中を出入りするジンの屹立《きつりつ》が立てる淫猥な濡音。

わけもわからず、クロエは乱れるだけだ。

体の芯に火がついて、その熱が全身へと回る。快感の波が幾度となくクロエを襲い、そのたび声を上げ続けるクロエの口は閉じることすらできなかった。

「あ、ん……っ、あ、あ……ぁ」

何度となく昇り詰めそうになるものの、ジンは巧みに突く角度を変えてそれを躱《かわ》す。さんざん啼《な》かされ、クロエの性器の先からは透明の蜜が滴り落ち続けていた。

ジンのものにはたくさんの棘《とげ》があり、それで擦られれば痛みを覚える。だが、その痛みすら激しい快感に変わり、クロエの体を深い悦楽へと導いた。

最奥を突かれ、クロエの体が痙攣しだす。

「やだ……っ、ジン……っ、ジンっ、も、だめぇ……イっちゃ……」

「イっていい。……出しちまえ」

ジンの声を聞いた瞬間、快感を受け止める器がもういっぱいになって限界となる。クロエの目の前が白くなって、声を振り絞る。

頭のてっぺんから足のつま先まで快感の大きな波にさらわれて体がバラバラになってしまいそうだった。

絶頂の悲鳴を上げながら、クロエは蜜を迸《ほとばし》らせる。それを見届けるかのようにクロエの中からジンは彼自身を引き抜く。

「アァ……ぁ――――ッ！」

ジンの棘が引っかかり、それがまたクロエに叫び声を上げさせた。と同時に彼の熱い飛《ひ》沫《まつ》がクロエの背に放たれる。

はあはあ、と荒い息を吐いているクロエにジンが心配そうな顔を見せた。

彼がそっとクロエの頬《ほお》を撫でたところで、クロエの意識は闇《やみ》に沈んでいく。朦朧《もうろう》としている中で「俺が守ってやる……安心しろ」という声が聞こえたような気がしたが、たぶんあれは都合のいい夢なのだろう。ジンがそんなことを言うはずがなかった。

ジンに抱かれて、クロエの症状は嘘のように鎮まった。あれほど辛かったのに、たった一度抱かれただけで薬なんか必要ないほどフェロモンはなりを潜めてしまった。

「クロエ、どうしたの？　まだ調子が悪い？」

昨日はすっかり仕事をサボってしまった。ミュカに謝ると「気にしないの。わかってるから」と逆に体調を気遣ってくれる。

「ジンが部屋に入っていったけれど……その……あんたたち……」

言いにくそうにミュカが口にし、クロエは黙って頷いた。

「そう……そうなの……。でも、あんた大丈夫なの？　ジンとそういうことになって」

ミュカが心配するのも当然だ。自分とジンの間にはわだかまりがある。それなのにジンに抱かれて平気なのか、と案じてくれている。

「……うん」

「本当に？」

「大丈夫。そんな顔しないで、ミュカ。ジンがいなかったらもっとミュカに迷惑かけてたところだった。ジンが抱いてくれたから……ほら、今日はもう症状がなくなったんだ」

できるだけ明るくクロエは振る舞ってみせる。

「クロエ……」

はあ、とミュカは大きく溜息のような息をつく。きっとなにを言っても無駄だと思ったのに違いない。

「あんたがいいって言うならいいけど。でも、ジンはすぐにいなくなっちゃうんだよ。代わりが来るって言ってただろ。それに……」

「だからだって。これっきりだから。特効薬買っておかなかったのは俺が悪いし、ジンはすぐにいなくなるひとだよ。それにこれからはもうジンにも誰にも抱いてもらわなくてもいいようにするから」

クロエはそうミュカに言ったが、そう簡単なことではなかった。

ジンとはいつ終わってもいいと思っていたのに、次の護衛はなかなか決まらなかった。彼は毎日クロエにつきっきりというわけではないが、頻繁に新月亭にやってきて普通の客のように振る舞う。

「次のひと、決まらないの？」

訊ねても、「向こうでもトラブルが頻発しているみたいだ。しばらくは無理だと言われた」とジンは言う。

ただ、ジンはギアンが忙しいときには酔客に絡まれるクロエを守ってくれる。ミュカやギアンの目を盗んでクロエにいたずらを仕掛けようとする者や、柄の悪い客もジンがいるだけでおとなしくなる。すっかり新月亭の用心棒のようになってしまったわね、とミュカも苦笑していた。

そうこうしているうちに次の発情期もやってきて、今度こそジンの世話にはならないと思っていたのに、やはり薬はまったくといっていいほど効かなかった。

結局またジンに抱いてもらうことになってしまったのだった。

けれど、ジンに抱かれるとそれだけで症状は治まってしまうのだ。それが悔しいのと同時に……それでも抱かれるのはうれしかった。それは否定できない。

「発情期だけだから」

だから、そんなふうにジンから発情期にだけ抱くという提案をされたときには、クロエは黙って頷いた。

クロエには発情期の症状を抑えるというメリットが、そしてジンにはクロエの秘密を誰にも見せなくてすむというメリットがある。互いの利益を考えるとそれが一番いい方法のように思えたからだ。

ミュカにもそう言い、呆れられたが最後には「あんたがいいなら」としぶしぶ受け入れてくれたのだった。

そうして二年が過ぎ――。

クロエは相変わらず新月亭で働き続けている。

「なあクロエ、いつジンとつがいになんの」

常連の客がクロエに絡みはじめた。この客はどうやらジンのことをクロエの恋人だと思っている。

「ジンは俺のことなんかつがいにしたくないって思ってるよ」

そのたび否定するのだが、この客だけでなく皆ジンはクロエの恋人だと信じているらしい。本当に恋人だったらいいのに、と思うのはクロエだけだ。

「またまたあ。じゃあ、俺が立候補しちゃっていい？　俺、クロエのこと大事にするからさあ。俺とつがいになってよ」

そろそろ酒が過ぎて絡み酒になってきているようだ。苦笑しているとミュカがその客の前にドン、と水の入ったゴブレットを置く。

「うちはそういう場所じゃないって何度言えばわかるんだい。それ以上クロエに絡むなら、追い出すよ。っていうか、あんたベータじゃないか。ベータはオメガとはつがいになれないんだよ」

まったく、とミュカが言うと、客は「おー、こわ」と肩を竦めた。

この二年の間、代わり映えせず新月亭では何度となく繰り返されてきた会話だ。

そう、二年経ってもクロエの護衛はジンのままだった。

その間ヒュウゴが軍を退役したり、それどころかコルヌという遠くの町に行ってしまったりということもあったのに、クロエとジンは二年前からまったく変わることはない。

ジンは発情期にだけクロエを抱き、クロエはそれを受け入れる。それだけの間柄だ。

ただこの二年で少し変わったことがある。

「よお、クロエ、この前ジンと車でどこまで行ったんだい？　ふたりっきりでデートなんておやすくないぞ」

他の客にも声をかけられる。

「あっ、あれはデートじゃなくて」

「デートだろう？　どう見たってデートだろうが。あのとき着てた服、とても似合ってたぞ。あんなのここらじゃ買えないだろ」

「まあ……あの服は……その……アーラ土産だっていうから……」

「へえ！　やっぱりね。どうりで都会的だと思ったよ。いや、よく似合ってた。なあ、ミュカ」

「まあね。センスは悪くなかったね」

ミユカも客の話に乗ってクロエは恥ずかしくていたたまれなくなる。

「ミユカも！」

「いいじゃないか。あんたがきれいな服着て楽しくしてるのが、皆うれしいんだよ。なんたってこの新月亭の看板息子だからね」

こうしてからかわれることもあるように、ジンはときどきクロエを町の外に連れ出すようになっていた。

新しい車を買ったからと乗せてくれたり、クロエを着飾らせて食事に出かけたり。

任務とはいえ、デートみたいなことしなくていいのに、と思いながらもふたりで出かけるのはクロエの心を幸せにした。恋人のように甘い時間はクロエを勘違いさせてしまうからやめて欲しいのに。

「お、そんなこと言ってると当のご本人が来たぞ。おい、ジン、こっちだ、こっち」

ジンが顔を見せた。

すっかりジンも常連に気に入られて、一緒に酒を飲むことが多くなった。

「ああ、今行く。ちょっと待っててくれ」

常連の座る席につく前にジンはクロエのほうへ歩いてきた。

「どうしたの？」

「いや、おまえ、この前手荒れがひどいと言っていたから、これを。よく効く手荒れの薬らしい。ちょうど仲間が薬師《くすし》のところに行ったから買ってきてもらった」

　そう言って彼はクロエに小さな器を手渡した。

「え、そんなのいいのに」

「いいから。使ってくれ。俺は……おまえの手が好きだからな」

　まったく卑怯《ひきょう》だ、とクロエはこういうときに思ってしまう。

　ジンはクロエを抱くときは淡々としていて溺れたりはしないくせに、クロエの世話はこうやってこまめに焼くのだ。まるでクロエのことを心配しているかのように。

　特に発情期の際には情緒不安定になることがあり、ときに夢を見る。オーリーたちがいなくなってひとりぼっちになる夢だ。怖くてたまらない夢で、泣きじゃくっているとやさしく抱きしめてくれて、それがとても温かくてほっとする。けれどそのぬくもりはつかの間のことだと思うと寂しくなるのだが。

「俺のことはいいから、早く次のひとをよこして、ってちゃんと軍に言ってよね。なんだかんだでもう二年じゃないか。おかげで皆にジンが恋人って思われていい迷惑なんだけど」

　ついつい憎まれ口を叩《たた》いてしまうが、ジンは「そうだな」と怒ったりはせず受け流す。

（もっと俺に当たればいいのに……）

　直接クロエに感情をぶつけてくれないことがときおり辛い。二年前のあのとき以来、ジンはあまり負の感情は見せてくれなくなった。

しかし、それでもジンが来るのを心待ちにしている、複雑な気持ちを持て余す。

内心ではいつまでもこの時間が続けばいいとクロエは思っている。

ジンがどういう気持ちでいるのかはわからないけれど、このままこうしていればジンに抱いてもらえるのだから――。


「いらっしゃい。クロエなら食堂だよ」

いつものようにジンが新月亭にやってきた。ミュカの声が聞こえて、クロエはジンの来訪を知る。

ちょうど夕食時で、新月亭が一番忙しい時間だ。

クロエも料理を運んだり、皿洗いをしたりとてんてこ舞いだった。

「ああ。悪いな。こんな忙しい時間に」

「別にいいわよ。それよりなんか食べる？」

「そうだな。腹も減ったし――とりあえず食事をさせてくれ」

「どうぞ。今日は煮込みがおすすめよ」

そんなふたりの会話をクロエは皿を洗いながら耳にしていた。

こうしていると、いつまでもこんな穏やかな日が続くのだと思える。二年前に逃走劇さながらのことをしでかしたのが嘘のようだ。

「はい、どうぞ。ギアンがこれも持っていけって。……その……ジンの好物でしょ」

厚切りにしたベーコンを香ばしく焼いたものをクロエはジンの座っているテーブルの上に置く。脂が焦げた匂《にお》いにジンはひくひくと鼻を動かしていた。

「ありがとう」

ジンはじっとクロエを見つめる。

「お……俺じゃなくて、礼を言うのはギアンに」

「わかってるさ」

ふっ、とジンは目を細める。そんな顔をするのはずるい、とクロエはぱっと顔を背けた。というのも自分の顔が赤くなったような気がしたからだ。

「クロエ、ちょっといいか」

手を引かれて振り返る。打って変わって、ジンは真顔になっていた。

「……なに？」

客も落ち着いていて、少しなら話ができそうだとクロエはジンの隣に座って聞き返す。

ジンはクロエの耳に顔を寄せた。

きっと傍《はた》から見たら、自分たちは恋人同士のように見えるだろう。現に、常連たちはこちらのほうを見て、ニヤニヤと笑っている。後でからかうつもりなのかもしれない。

だが、ジンがクロエの耳元で囁いたのはそんな甘い雰囲気の言葉ではなかった。

「コフィンに動きがあったらしい。……警戒しておくようにとのことだ」

クロエはそれを聞いて、さっと顔が青ざめた。

この二年、落ち着いていたのに。なにごともなく平穏に暮らしていて、なのにいまさら。

「……ここからまたどこかに行かなくちゃならなくなるってこと……？」

またお別れすることになる、大好きなひとたちと。

「それは……まだなんとも言えないが、支度だけはしておいてくれ」

「――わかった」

いつかはこんな日が来るとわかっていたはずで、その日がやってきただけのことだ。湿っぽい顔をしていたら、ミュカに心配をかけてしまう。大好きなひとたちの前で泣き言を言うのはやめにしたはずだ。

クロエはできるだけ平静を装い、顔を上げてはっきりと返事をした。

「すまない」

突然、ジンの口からそんな言葉が飛び出して、クロエは驚く。

「なに謝ってるの。わかってたことだろ。長くいられないのくらい、俺にもわかるし、ジンがそんなふうに言うことない」

きっぱりと口にするとジンはふっと口元を緩めた。

「そうか。……おまえは強くなったな」

強くなった、と言われ、クロエはほんのちょっぴり胸が熱くなる。ジンに認められたような気がしてうれしかった。

「いつまでも子どもじゃないよ」

「そうだな。二年前よりとてもきれいになった」

今日のジンはいったいどうしたのだろう。いきなり「きれいになった」と言われてクロエはどぎまぎとする。そんなお世辞めいた言葉、ジンの口から出るとは思わなかった。

もしかしたら——もしかしてクロエがここを去るときがジンとの本当の別れなのかもしれない。こうやっていられるのは本当にあと僅かなのかもしれなかった。

「ジンはお世辞がうまくなったんじゃない？　俺にまでそんなこと言うなんて、誰かいいひとできた？」

心臓をドキドキとさせながら、クロエは茶化したように言い返す。こういう軽口でも叩いていないと顔がにやけてしまうから。

「できるわけがないだろう。そんなのはおまえが一番わかってるじゃないか」

「ごめんね。俺がいるから恋人も見つけられなくて」

つい憎まれ口をきいてしまう。ジンの恋人になれないのは自分が一番よく知っている。いつか自分ではない誰かをジンが抱くのかと思うと、胸が苦しくなった。

「クロエ」

咎《とが》めるような口調でジンが言い、「あっ、ミュカが呼んでるから仕事に戻る」とクロエはさっと席を立つと、身を翻して厨房へと足を向けた。

「ああ、クロエ、いいところに来た。このひとを食堂に案内して。食事のお客さんだ」

クロエの姿を見て、ミュカが声をかけた。

目の前のミュカの隣にはとてもきれいなひとが立っていた。長い黒髪の美しい青年だ。

このルイニアでは珍しい褐色の肌を持つ彼はエキゾチックで、また彼の着ている服も凝った刺繍《ししゅう》がしてあるものでとても目を惹《ひ》いた。

「いらっしゃいませ。どうぞこちらへ」

クロエは言われたとおり彼を食堂へ案内する。

「すてきな刺繍ですね。どちらからいらしたんですか？」

いつものとおり、クロエは接客する。こうして客に話しかけるのももう慣れたものだ。

「ヴァスアトですよ」

青年はにこやかにクロエに話した。ヴァスアトと聞いてクロエはどきりとする。二年前、クロエが向かおうとしていた場所だ。彼はそこから来たという。

落ち着け、とクロエは自分に言い聞かせた。彼はただの旅行者。クロエとはなんの関係もないひとだ。だが、なぜか胸騒ぎがする。

「ヴァスアトですか。随分遠いところからいらっしゃったんですね。ご旅行ですか」

「ええ、まあ」

彼は意味ありげな笑みを浮かべ、クロエに曖昧《あいまい》に返事をよこした。

「どうぞこちらへ。今日は煮込みがおすすめですよ」

クロエがそう言うが、青年はクロエのほうを見ようともせず別のところへ視線をやっている。なにを見ているんだろう、と思っていると彼はクロエから離れて、つかつかと歩きはじめる。

「……？」

首を傾げて彼の歩きはじめたほうへ視線を動かす。

すると彼は——。

「久しぶり」

青年が声をかけたのはジン。

ジンは驚いたように椅子《いす》を蹴《け》るようにして立ち上がり、目を見開いている。

「……生きていたのか」

「ご挨拶《あいさつ》だね」

なにやら不穏な空気がふたりの間に流れていた。

不穏ではあるが、どこか親密さもあり、クロエは到底ふたりの間に入ってはいけない。ただ黙ってふたりを見つめているだけだ。

「なにその目は。僕がここにいるのがおかしい？」

「当たり前だ。俺がここにいるのを知って来たのか」

ジンは彼をじっと睨みつけている。さっきまでの彼とは違って険しい表情をしていた。

「まさか。単なる偶然。ルイニアにはいい織物があると聞いたから、買いつけに来ただけ。なあに、その怖い顔。あれから僕だっていろいろあったんだよ」

ここ、座っていい？　と彼はジンに言う。ジンは溜息のように大きく息をつきながらも頷いていた。

クロエは仕事をしながら、ふたりの会話が気になってついつい聞き耳を立てる。

たぶん彼は——あの美貌《びぼう》だ。きっとジンの元の恋人……ルルなのかもしれない。ジンの表情とあのふたりの会話の親密さ。あれは恋人でなければ出せない雰囲気だ。

「元気そうだね」

「まあな。それでいろいろ……って」

「あれから僕も……コフィンにただ利用されているだけだってわかって、やつらとは手を切ったんだよ。だからね、ジンには謝りたいと思って」

「ルル……、いまさら……」

　ジンはルルと彼のことを呼んだ。ということはやはり彼はジンの元の恋人。クロエは動揺して皿を落としそうになった。

「そうだよね。いまさらだよね。でも本当のことを言うと、僕はずっとジンとやり直したいと思ってたんだけど」

　ダメかな、とルルは小首を傾げる。だが、ジンは首を横に振った。

「おまえが俺になにをしたのか考えろ。――もう俺の前に顔を出すな」

　はっきりとジンはルルを拒んだ。するとルルは腰を上げて席を離れ、クロエの側までやってくる。

「ねえ、きみがジンの新しい恋人？」

　にっこりと笑ってルルはクロエに聞いた。クロエは目を丸くし、その場に立ち尽くす。どう答えたらいいのかわからず、クロエは目を泳がせた。

「そうだ」

　代わりに答えたのはジン。

「この子が俺の恋人だ。――誰よりも愛している」

　ジンの思いがけない言葉にクロエはますます驚く。今までそんなこともちろん言われたこともないし、これからもジンにそんなセリフを言われることはないだろう。この言葉がルルをごまかすための嘘だとわかっていても、クロエはうれしいと思った。

「へえ……熱烈だね。昔は僕に愛してるって言ってたくせに」

ふうん、とルルはクロエとジンの顔を交互に見やった。

「もう昔の話だろう。俺が愛しているのはこの子だけだ」

きっぱりと言ってのけるジンにクロエは驚き、彼の顔へ視線をやる。ジンはそんなクロエの肩を抱いて、引き寄せた。

力強く抱き寄せられ、ぴったりと体が密着する。彼の豊かな毛皮が耳に当たってくすぐったい。けれど彼の胸はとても温かく、そしてクロエの心臓はドキドキと早鐘を打った。

いつもはこんなことよりもっとすごいことをしているのに。

セックスして――互いにあられもない姿で絡み合っているというのに。なのにたかがこうして抱き寄せられることのほうが恥ずかしくて仕方がない。

クロエは顔を耳まで赤く染めた。

「意外。ジンってひと前でそういうことするんだ。変わったね。やっぱり二年も経つとひとって変わるものなんだ」

ルルは目を丸くし、そうして唇の端を引き上げた。

「帰ってくれ。おまえとは終わったことだ。このまま姿を消してくれたらおまえのことは軍には言わないでおく。本来おまえのことは軍に報告することになっているが、俺たちの前からこのままいなくなってくれるというなら、今回は報告しない」

断固としてルルを拒絶する姿勢を見せるジンに、ルルは取りつく島もないと思ったのだろう。ふん、と鼻を鳴らしてくるりと踵《きびす》を返した。

「わかったよ。じゃあ、もう現れないから。どうぞお幸せに」

ルルは捨てゼリフのようにそんな言葉を吐くと、そのまま新月亭を出て行ってしまった。

そのルルの背を見送りながら、クロエは複雑な気持ちになる。

「ジン……いいの？　あんなこと言って。俺のこと……恋人だって」

「ああ、これでいいんだ。それに……いや、なんでもない」

ジンはなにか言いかけたが、それを途中でやめる。

思わせぶりとも思えたけれど、それよりクロエはまだ彼の腕の中にいることに気づく。

「もうお芝居はいいよ」

そう言ってジンの腕を振りほどくと、彼は苦笑いを浮かべる。

「芝居じゃない」

ジンはそんなことをぼそりと呟くようにごくごく小さな声で口にする。が、クロエは新月亭を出て行ったルルのことが気になって、ジンのその言葉は聞いていなかった。

「なんか言った？」

ジンに聞き返すと、彼は首を横に振った。

「いや、なんでもない。――ああ、せっかくの煮込みが冷めちまった。おかわりをくれないか。それから蜂蜜酒を」

「わかった。蜂蜜酒はたっぷり？」

「ああ、そうしてくれ」

「じゃあ、ゴブレットは大きいのにするよ。待ってて」

クロエはそそくさと厨房に向かったが、内心ではまだ心臓の音がうるさく鳴っていた。

――俺が本当にジンの恋人だったらよかったのに。


「えっと、卵に砂糖……それからミュカのお茶……あとは――」

クロエはメモを見ながら、市場へと向かっていた。買い出しはたいていギアンと一緒だが、今日はギアンが別口で大物を買いに行っている。小麦粉の麻袋は一袋ならともかく二袋なんてとても無理だから、手分けして買い物に出ているのだ。

ルイニアの市場はとても賑《にぎ》やかだ。

ラネルの商人も店を出していて、ときどき珍しいものが手に入る。この前ギアンと一緒に来たときにはなかなか手に入れることのできない香辛料が格安で売られていて、ギアンは小躍りしながら買っていた。

クロエも花のお茶を買ってもらって、後でミュカと一緒に飲んだのだ。

今日もそのお茶があればいいな、とウキウキした気持ちで市場までの近道である裏通りを歩いていたときだ。

少し離れたところに見えたひと影に、クロエは目を瞠った。

あれは。

そのひと影はひとりではなく、ふたり。

ひとりは長い黒髪のひと。もうひとりは黒豹《くろひょう》の獣人――ジンだ。見間違えるはずがない。

だって大好きなひとだから。

ルルにジンがもたれるように仲睦《なかむつ》まじく歩いている。

その光景にクロエは雷に打たれたような衝撃を覚えた。

昨日、ジンはルルの目の前でクロエのことを恋人だと言い切った、その舌の根も乾かないうちに、今日あんなふうにふたりで寄り添って歩いているなんて。

あの言葉がお芝居だとはわかっていても、それでもとても辛い。

クロエは唇をきゅっと強く噛んだ。あまりに強く噛んだせいで、少し血が滲《にじ》んだのに後から気づいたくらい……そのくらい無意識に力が入っていた。

(あんなこと言ったくせに……。俺のこと愛しているって……)

クロエの目の前が一気に暗くなった気分だった。

今日は風もなく、空だって雲ひとつなく真っ青な色だ。お日様はピカピカに輝いていて、どこもかしこも眩《まぶ》しいというのに、自分の周りだけどしゃぶりの雨が降っているような。

そのときいきなり突風が吹いて、クロエの体を煽《あお》った。

激しい風。まるで突然現れたルルのようだ、とクロエはぎゅっと体を固くする。

風のようにやってきたルルはこうやってあっという間に自分からジンをさらっていく。

やっぱり、とクロエは思った。いったん強く愛し合った仲だ。簡単には別れることはできないんだろう。

ジンがどれだけルルを好きだったのか、好きだったからこそ忘れることもできなくて、彼は苦悩していたのだから。

ふたりは黙って見つめ合っていた。それが答えだとクロエは思った。

(ジンはもう……俺のところには来ない。ルルがいるから、もう俺を抱かない。あのひとすごく真面目《まじめ》だから……恋人がいるのに俺とはセックスできないって思うだろうな)

ジンはもうクロエのところにはやってこないだろう、クロエはそう確信していた。

次の発情期はおろか、これからももう二度と。

どうやって新月亭に帰ったのかも覚えていなかった。買い物だってきちんとできていたかどうかすら覚えていない。

部屋に入るなり、布団にくるまってそのまま閉じこもった。


「クロエ、開けるよ」

コンコン、というノックの音の後で、ミュカの声が聞こえた。

だがクロエはベッドから出て行こうとはしなかった。

ジンとルルの姿を見てから数日経って、クロエはあれからずっとこうだった。

発情期でもないのにご飯も食べられず、眠れない。指一本動かす気になれず、部屋から出られなかった。

「なにか食べないと」

ミュカは心配してくれるが、彼女の声すら容易に頭の中をすり抜けていき、なにも聞こえていないのと同じだった。

「クロエ……あらあら……」

ミュカはベッドの上を見て、驚いたように溜息をついた。

というのも、クロエのベッドの上には毛布や掛け布団の他に様々なものが山のように積まれているからだ。それらはすべてジンの忘れていった服だったり、ハンカチだったり、またジンと一緒にいたときにクロエが着ていたものだったり——要するに、ジンの匂いのするものだ。

クロエはそれらをかき集めて、まるで鳥が巣を作るように、それらを巣材として自分の巣のようにしてしまう。

オメガの中にはときどき情緒不安定になると《巣作り》をする者がいるらしいが、クロエはどうらやらそのタイプのようだった。

けれど、今まで巣作りなどしたことはない。はじめてのことだ。

無意識にそれらをかき集め、ただその中にいる。ジンの匂いのするものに囲まれていないと気がどうにかなってしまいそうなのだ。

ふう、と大きなミュカの溜息が聞こえる。

《巣》の中から出てこようともしないクロエをなんとかしたいという気持ちはあるけれど、クロエ自身が生きる気力をまったく失っているからどうにもできないのだろう。

「クロエ……スープ、ここに置いておくよ。……食べられそうならちゃんと食べて。後でまた来るから」

そう言ってミュカは静かにクロエの部屋を後にした。

ミュカには申し訳ないという気持ちはあったが、それすら言葉にできる気力もない。

思ったとおり、ジンはあれからクロエのもとを訪れていない。それもクロエの気力を奪い取っていた。

ミュカにはなにも話をしていないが、この前ルルが新月亭を訪れたときのあのやりとりをミュカも聞いていたから、クロエがこれほどの状態になった原因を察したのだろう。

「好きにしたらいいよ」

そう言ってミュカはクロエの頭を撫でてくれただけだ。ミュカらしく、なにも聞かずにいてくれた。

ただ、泣かないのかい、とミュカに言われたが、クロエの目からはなぜか一滴も涙がこぼれなかった。きっと——泣くための涙を用意できないくらい心が渇いていたせいかもしれない。

（こんなことじゃいけないんだけど）

こういうウジウジとした自分ではいけない。ジンが自分のことに本気になってくれないのははなからわかっていたことじゃないか、と頭ではわかっている。体を動かして、たとえば仕事に没頭していればいつか忘れられる、それもわかっていた。

二年前にはジンのもとから逃げ出して、ここで働いて、その間はジンのことは思い出さなかった。

なのに、どうしてこんなに自分は弱くなってしまったのだろう。

（明日になったら……ミュカ、ごめん。明日になったらちゃんとするから）

それまではこの巣の中で——ジンとのことをきちんと区切りをつけよう、クロエはそう決心した。

やっと少し気持ちに整理がつきはじめたのか、ようやくうとうととクロエが眠りに落ちたときだ。

ドタドタと屋根をなにかが走り回っているような音が聞こえた。

ネズミだろうか、とクロエはぼんやりした頭で思うが、ついこの間ネズミ駆除の罠《わな》を仕掛けたばかりだったし、そもそもネズミが走り回るにしては足音が大きすぎる。

はっとして目を開けると、すっかり夜が更けている。その音の他には物音がしないから、きっともう夜中なのだろう。

クロエは耳を澄ませた。どうやらネズミらしき足音は一匹だけではないようだ。複数の足音が聞こえる。

変だな、と思うなり、微かにガラスの割れるような音が聞こえた。

それもごく小さな音だ。まるで誰かが意図的にそして慎重にガラスを割ったような。

そして異音はそれだけではなかった。複数の密《ひそ》やかな足音、また潜めた誰かの声も。明らかにおかしい。

ミュカは、あるいはギアンはこの物音に気づいているだろうか。

（泥棒……？）

この二年、ここで働いていて、泥棒に入られたことは一度もない。だからといって、けっしてないわけではない。現に、他の宿屋で夜盗に入られたところもあると聞く。

ごくりとクロエは息を呑む。

クロエはようやく起き上がり、ふらつく足で部屋のドアのところまでたどり着く。だが、もし襲いかかられたら。このままおとなしく隠れていたほうがいいのか。そんなふうに迷っていると、いきなり大きな物音がした。さらにギアンの大きな声が聞こえ、物音が激しく大きくなっていった。

なにかが壊れる音や、壁や廊下にぶつかる音、物音を聞きつけて駆けつけてきたと思われる宿の客たちの悲鳴。

それらを聞いて、クロエの顔が恐怖に青ざめた。

するとクロエの部屋のドアがいきなり開く。

しまった、とクロエは焦る。ミュカが出入りしていたから、施錠していなかった。

どうしよう、と頭の中が真っ白になり、思わず声を上げそうになった。そのとき「しっ」と口元を押さえられる。

「俺だ。ジンだ」

ジン、と聞いて、クロエは顔を上げる。暗がりで姿ははっきり見えないし、そもそも彼の毛皮の色は真っ黒だから闇に溶けている。けれど、闇夜の中で光る瞳の色はまさしく彼のものでクロエは安堵《あんど》の息をついた。

その瞬間のことだった。

バンッ、とドアを蹴る音がしたとたん、何者かがクロエとジンめがけて襲いかかってきた。

賊は手に刃物を持っているようで、窓から差し込む月明かりで僅かに光る。ヒュンッ、と空を切る音がしてクロエはあまりの恐怖に竦み上がった。だがジンがクロエを抱え、そのまま賊に対峙《たいじ》する。

「何者だ」

ジンは身構えながら聞くが、もちろん答えるはずもない。すぐさま賊は次の攻撃に移る。暗闇の中で賊が刃物を振り回すが、ジンが暗がりの攻撃を躱すのはわけもなかった。彼は黒豹という性質から夜目がかなり利く。

クロエを守りながら、賊の鋭い刃物の攻撃を躱し、ジンは的確に賊にダメージを与えていく。丸腰というハンデを負いながら、俊敏な彼から繰り出される拳《こぶし》や蹴りは確実に相手にヒットしていた。

いよいよ賊も自分が不利だと自覚したのだろう。チッ、という舌打ちの音が聞こえると賊はクロエの部屋の窓ガラスに体当たりしながら、外へ飛び出していった。

それでもまだ他に仲間がいるのかもしれない。ジンはあたりを警戒しながら鋭い視線を巡らせている。

そしてこの緊迫した空気を打ち破ったのは、部屋の外から聞こえてきたミュカの「おといおいで！」という気っぷのいい声だった。

なんとか賊は去ってくれたらしい。クロエは安堵の息をついた。

「大丈夫か」

ジンに抱えられながら、そう聞かれる。

「うん、大丈夫。ジンが……守ってくれたから」

彼の腕の中にいるうちは安心して自分の身を委ねることができた。柔らかな毛皮に包まれてどこよりも安全だと思える場所だったのだ。彼の心臓の音を聞きながら強く抱きしめられていて、おかしな話だがいつまでもこのままでいたいと思ったくらいに。

「そうか。よかった……」

しみじみとジンが言い、そしてクロエをベッドの上に運んだ。そのときバタバタと廊下を誰かが走ってくる音が聞こえ、すぐに部屋の灯《あか》りがつく。

「クロエ！　大丈夫!?」

ミュカの姿が現れる。彼女は今にも泣きそうな顔をして部屋の中に飛び込んできた。そうして部屋の中にいるジンの姿を見ていきなり目をつり上げる。

「ジン！　あんたどこに行ってたのよ！　あんたのせいでクロエがね――」

突然説教がはじまろうとするのをクロエが「ミュカ、ジンが助けてくれたんだ」と制止する。だが、そんなのはわかっているとばかりにミュカはジンを睨みつけた。

「そんなの当たり前じゃないのよ。じゃないとあんたがいる意味がないんでしょうが。だいたい今までクロエほったらかしてなにやってたのよ。あの胡散《うさん》臭い美人とどっかにしけ込んでたってんなら、私はあんたを許さないわよ」

容赦ない言葉だったがジンは殊勝な顔をして聞いていた。

「すまない」

言い訳をしないところを見ると、ミュカの言うことはやはり当たっているのかもしれない。クロエの胸はひどく痛んだ。けれど自分のことを助けてくれたのもやはりジンで、クロエの気持ちは複雑に歪む。

ふとジンを見ると、不自然な傷が彼の体にいくつもあるのに気がついた。

ずっと暗闇の中だったから気づくことはなかったが、灯りの下ではその傷はよくわかる。先ほどの賊との応戦でついたものではないような気がする。あのとき押し入った賊は刃物を持っていて、それを振り回していた。ジンの体にあの賊の刃物による攻撃はまったくといっていいほど当たらなかったはずだ。ましてやジンの体の傷は新しいものではなさそうである。血液が固まって変色している。今の交戦によるものだとしたら、もっと鮮やかな色をしているはずだ。

　となると、いつの傷だろうか。

「ジン、その傷は？」

　クロエは訊ねた。

　傷、とクロエが口にしたのを聞いて、ミュカもじっとジンの体を見る。そしてクロエと同じことに気づいたのだろう。つかつかとジンの側に足を進めると、さらにじろじろとジンの体を観察するように目を向けた。

「説明しなさいよ」

　ミュカが言うと、ジンは大きく息をついてから、ようやく重い口を開いた。

「実は――」

　ジンの話によると、ルルが新月亭に現れた次の日、ジンが新月亭に向かおうとしたところでルルに待ち伏せされたのだという。

　しつこくよりを戻せと言い寄られたあげく、言うことを聞かないとクロエに危害を加えると脅されたらしい。

「いいかげんしつこくされて、俺も感情的になっていた。そこにつけいられたというか。恥ずかしい話だが、頭に血が上っていてルルが持っていたものに気づかなかったわけさ」

　冷静さを欠いたジンにルルがすかさず薬物を使い、ジンの意識を失わせようとしたというのだ。

「路上で意識を失っちまってな。……まったく言い訳のしようもない」

自己嫌悪に苛まれている、とジンは深く沈んでいた。それを聞いてクロエがあることを思い出す。

「ねえ、それって……市場の近く……？」

「あ、ああ。そうだ」

もしかしたら――。

クロエが市場近くの路地で見たジンとルルの姿は、そのときのものだったのかもしれない。いや、話をすりあわせるとそうとしか考えられなかった。

クロエはふたりの姿を見て誤解し立ち去ってしまったが、ジンはその後ルルと彼の仲間に連れ去られ監禁されていた。

「監禁……？」

「ああ、そうだ。あいつはやっぱり……俺のことはただ利用したかっただけだったんだよ」

おそらくはじめから。とジンは寂しげな口調でそう言った。

「ルイニアにあいつがやってきたのも、俺の動きを摑んだからだ。軍は今までうまく偽情報を流し続けていて、なんとかやつらの目をくらませていたようだが、今度は俺に目をつけたらしい。俺の動きが妙だというのでルルがそれを探るためにやってきたようだ。うすうすクロエのことも勘づかれているようだった」

ジンの傷は、この数日監禁されているときに手荒く扱われたせいでつけられたのだと言った。

「まあ、やっこさんたち、イオの軍人はひどい扱いしても死なないって思ってるのか、そこそこ盛大に歓待されたよ。実はまだ自白剤の影響で頭痛もかなり残っているんだが……」

彼はなんてことないように言うが、きっとクロエが想像するよりもむごい扱いを受けたのに違いなかった。

「自白剤って……そんな」

「そんな顔をするな。これでも軍人だ。そういう薬物へ耐性をつけるための訓練はしていたから、どうってことないよ」

ジンはクロエを安心させるように少し笑顔を作ってそう言った。

「だって」

「クロエのほうが辛い顔をしてる。もう二度とそういう顔をさせないために、おまえと一緒にいようと思ったんだが……へましちまったな」

ジンがどこか不思議な言い方をした。が、クロエはそれに気づかなかった。

「それで、どうやって逃げてきたの」

ミュカが横から口を挟んだ。

ジンは苦笑しながら「隙《すき》を見て」と答える。

意識を落とした振りをしていたときに、新月亭への襲撃計画をルルの仲間がぽろっと漏らしたという。強く拘束はされていたが、見張りが少なくなったときに力尽くで逃げ出してきたのだと言った。

「力尽く、って……。そんなに簡単に逃げられるなら、なんでさっさと逃げてこなかったのよ。クロエが狙《ねら》われていたってんならなおのことでしょ」

ミュカが呆れたように言う。

「まあ、それは……。こちらとしても情報を集めたかったんでね。でも監禁されたおかげで、いろいろとこちらの利益になるようなこともわかった。アジトも突き止められたから、今頃はこちらの手の者が捜査に当たっているはずだ」

だから安心していい、とジンはクロエの肩を叩いた。

安心していいと言われてもクロエの気持ちは複雑だ。自分の存在が皆に迷惑をかけている。そう思うとやりきれない。

「ごめん、ジン。俺のせいでひどい目に遭わせて……。それにミュカも。本当にごめんなさい。俺がいるから皆にたくさん迷惑をかけてる。ミュカにはちゃんと話をしてなかったけど俺……」

　わけも聞かず、黙って自分を置いてくれていたミュカにきちんと説明しないままこれまできたことをクロエは後悔していた。今回は事なきを得たとはいえ、自分がいる限りまた同じようなことは起こりうる。

　だがミュカはそんなクロエに「知ってるよ」と言う。

「バカだねえ、クロエは。そんなの百も承知で私はあんたをここに置いてるんだよ。二年前、あんたがここに来て……しばらくしてから全部このジンから聞いていたんだ」

　ミュカはクロエの肩を抱く。

「そうなの？」

　クロエが顔をジンのほうへ振り向けて聞くと、彼は深く頷いた。

　ということはそれを知らなかったのは自分だけということか、とクロエはいくらか気が抜け、少しへこんだ。けれどいちいちそんなことで落ち込んでもいられない。気を取り直してジンのほうを見やると、彼が口を開いた。

「だが、そろそろここに厄介になるのも限界かもしれないな。これでまたやつらはすぐになにか仕掛けてくるだろう」

　ジンの言うことはもっともだった。コフィン側がこれで終わらせるとは思えなかった。

　自分がいる限り、ジンには危険が及ぶ。今回はそう深くない外傷だけですんだが、次回はそれですまないかもしれないのだ。

「ジン、もう俺のことはいいから。軍のひとに言って？　俺は軍の施設でもどこでも行く。おとなしく軟禁されていろっていうならそれでいい……だからもうジンは俺のこと放っておいていいよ――自由になって。俺のせいでジンが辛い思いをするのはもう嫌なんだ」

クロエはジンにそう告げた。

だがジンは首を縦に振らなかった。

「クロエ、聞いて欲しい」

それどころか真摯《しんし》な瞳でジンに見つめられる。いつもとは違うジンの表情にクロエは戸惑った。ミュカへ助けを求めるように顔を振り向けると、彼女はふっと小さく笑った。

「そうだね。あんたたちはちゃんと話をしたほうがいい。さあ、ここはガラスが飛び散って危ない。掃除は夜が明けてからにしよう。隣の部屋が空いてるから、今晩はそっちで寝ておくれ。――じゃあ、私は戻るよ。客が心配だからね」

そう言って、ミュカはクロエとジンの肩をポンポンと軽く叩くとそのまま部屋を出て行った。

ミュカに言われて、そういえば部屋の窓ガラスが割られたのだった、とふたりで気づく。顔を見合わせてクス、と笑い合う。

「ミュカの言うとおりにしよう。クロエ、お願いだ。俺の話を聞いてくれないか」

やはり同じことをジンが言う。今度はクロエは迷わずに頷いた。

隣の部屋に移って、ふたりでベッドに腰かけた。

はじめのうちジンも少し緊張しているのか、話す言葉を選んでいたようだったが、ようやく口を開き話をはじめる。

「俺は……ルルが現れたら心が揺れるかと思っていた。――でも実際は違った」

そう彼は切り出した。

「俺は軍人だからいろんなやつを見てきたが、多くのひとはおまえのような状況に陥ったら心が壊れてもおかしくない。オーリーやマリエのことだけでも受け止めるので精一杯のはずだ。その上……おまえの体にあるものを考えたらとても」

ジンはじっとクロエを見つめる。その目は感情を露にしないいつもの彼とはどこか違っていた。

クロエはジンの話を聞きながら、静かに頷く。彼の言うとおり、二年前真実がわかってから、何度も心が壊れそうになった、と思い返す。そのたびに救ってくれたのは亡くなったオーリーやマリエ、それからこの新月亭のミュカとギアン、そして――ジンだ。

疎まれているとわかっていても、好きだった。いつでもやさしくいたわってくれたこのひとのことが好きで、好きで、だからこのひとに守られているうちは立っていられると思ったのだ。

「おまえに逃げられる前までは、正直なところなんとも思っていなかったし、それにその彫り物がすべて不幸を引き起こした原因だと頭に血が上っていたから、確かに疎んでいた。だが、おまえを追いかけてきて……別の感情が生まれてしまった。おまえはここでひとりで生きていこうとして頑張っていて……それがとても眩しく見えた……健気《けなげ》で眩しくて、気がついたら俺は……」

自分の運命を受け入れ、心をまっすぐに前を向いて歩いているクロエにいつの間にか惹かれていたとジンは言った。

「俺はおまえを守るためになんでもしよう、そう思ったんだ。……クロエ」

「嘘……」

ジンは今なにを言っているの、とクロエはジンの言葉のひとつひとつがまるで信じられなくて、目を見開いたまま彼の顔を見つめる。

「監禁されていたときもクロエのことを考えていたら心を保てた。自白剤に負けなかったのはおまえのおかげだ。それに……実はおまえに言っていなかったことがある。ミュカにもだ」

「……それは、聞いていいことなの？」

「ああ。……おまえにはちゃんと聞いて欲しい。——本当は……次の護衛なんか、すぐに決まっていたんだ。軍はすぐに手配してくれていた」

「え……？　だって」

なかなか決まらないから、と言っていたのは？　代わりがとっくに決まっていたというのはどういうこと？　次から次にクロエの頭の中に疑問符が浮かんでくる。

茫然《ぼうぜん》としながらジンの顔を見つめると彼は苦笑を浮かべる。

「俺が頼み込んで――この二年、俺が、俺自身がクロエの側にいたくていた。どうしても俺がおまえの側にいたかったんだ」

「どうして……？　だってジンは俺のこと……ただの義務で俺の側にいただけじゃないの？　それが命令だから」

クロエはジンを見て言う。ジンはそれを辛そうな顔で聞いて、そして口を開いた。

「おまえが俺を信じられないのもわかる。……俺はクロエになにも言わなかったから。でも、本当のことを言っても信じてくれたか？」

ジンに聞かれて、クロエは首を横に振った。

「――俺は失敗したからな」

「失敗？」

「ああ、大失敗だ。俺はおまえが体調を崩したときのあの宿で……おまえを追い詰めてしまったのをいまだに後悔してる。……いくら頭に血が上って、混乱していたからといって、あれは……ひどいことをした。あれはただの八つ当たりだった。いや、八つ当たりですまされるようなことでもないと思うが。……結局おまえを今まで苦しめ続けたんだからな。本当にすまない」

二年前のことを思い出す。あのときのジンの顔は今でもクロエの記憶に焼きついたままだ。あれはクロエにとっても辛い……ひどく辛い出来事だった。

「本当にすまない。たぶん、どれだけ謝っても謝りきれないと思う。おまえはなにも悪くなかったし、すべて自分の幼稚な感情のせいで……よけいな苦労を背負わせてしまった」

ジンの声はとても苦しげで、彼自身も随分と後悔し懊悩《おうのう》していたのだと思えた。

なにがお互いの運命を狂わせたのだろう。こんがらがった糸がますますこんがらがって、お互いの心を頑《かたく》なにさせて……。

「……好きだ、クロエ」

ジンの口から飛び出した言葉がクロエには信じられなかった。

「……信じられない。そんなこといきなり言われたって信じられるわけないじゃない。それに……それに俺は……ジンなんか……ジンなんか全然好きじゃない……っ」

クロエは首を強く横に振った。

ジンが自分のことを好きだなんて、そんなの聞き間違いに決まっている。でなければ、まだルルの前でしていた恋人同士だという小芝居の続き。

ああ、そうだ。あのときにジンは自分のことを一番愛していると言った。

誰よりも――。

ふと顔を上げると、ジンが……ジンの目がはじめて見る色に濡れていた。こんなふうにせつない目の色の彼を見たことはなかった。

「好きだ。……愛している。ルルの前で言ったことは本当だ。おまえのことがいつの間にか一番大事になって、誰にも触れさせたくないって……そう思うようになった」

「嘘……っ。だっていつも俺のこと見るときには迷惑そうな顔してた……デートしてくれたのも、お土産持ってくるのもご機嫌取りなんだろうって」

遠慮しながら、嫌々クロエにつき合っているのだろうといつも思っていた。だがジンは首を横に振った。

「それは……違う。本当は……どうしたらおまえのことを喜ばせられるのかと思って、いろいろとひとに聞いてみたけれど、そういうことをしてもおまえに拒まれたら、って怖かっただけだ。誘うのも……いつも不安だった。おまえの前だと柄にもなく臆病《おくびょう》風に吹かれてしまう。おまえが可愛くて、顔を見るだけで抱きしめてしまいそうだったんだ」

思ってもみなかったジンの言葉にクロエは目をぱちくりとさせた。けれどそんなおためごかし、信じられない。

「俺は……好きじゃない。ジンのことなんかちっとも好きじゃない」

どうしよう、心臓がおかしい。まだ賊が乱入してきたことで動揺しているんだ、きっと。

（好きって、愛してるって。……本当？　本当に？）

クロエの心はかき乱されている。心臓はうるさく鳴って、声も震えた。

放っておいて。どこかに行って。こんなふうに言われたら期待してしまうから。今こうやって言われた後で、またあのときのように突き放されたら……怖い。

だったら今のうちに。まだ今なら傷つけられても立ち上がれるから。だから――。

「俺はジンはいらないから……っ。だからジンはどっか行っちゃえばいい。どこにでも行って……もう……もう、自由になって……お願い」

声を震わせ、クロエは訴えるようにジンに言う。

今まで精一杯、自分の気持ちを知られないように、心を縛りつけていた。ジンのことなどただの発情期のときにセックスするだけの相手、そう自分にも言い聞かせて。

そのときそっとクロエの耳になにかが触れた。それがジンの手だ、と気がついたのはすぐだった。

「クロエは嘘をつくと、この真っ白い耳が少し赤くなるんだ」

ジンはそう言って、クロエの耳をやさしく撫でる。耳が赤くなるなんて自分ではまったく知らなかった。

「俺のことは本当にいらないのか？　どこかに行ってもいいのか？」

クロエはこくこくと頷く。

「しつこい。いらないって言った」

「じゃあ、巣作りしてたのは？　巣材に俺の服を使ってたのは？」

それを聞いてクロエは「あ」と小さく声を上げる。どさくさで忘れていたけれど、自分の部屋のベッドの上にはジンの言うとおり、まだ《巣》が残っていたのだ。あれを見られていたとは。そして巣材にまで気づかれていたとは。

ジンがいきなり腕を伸ばしてくる。そうしてぎゅうっと抱きしめられた。

「えっ……」

「すごく可愛い。……いつも可愛いと思ってた」

嗅《か》ぎ慣れたジンの匂い。少し埃《ほこり》っぽいような乾いた干し草の匂いだ。いつでも任務のために走り回っているこのひとに抱きしめられて、いつもなら平気なのに今日はまったくダメだった。

涙が滲む。滲んで大きな水の玉を作って、それから頬へと流れ落ちていく。

不意にこの前ミュカに、泣かないのかい、と言われたことを思い出した。あのときには出なかった涙が今は止まらないまま流れ続けている。

泣き続けるクロエの背を、ジンは抱きしめたままやさしく撫で続けてくれていた。

「俺じゃない誰かにクロエを守らせるのも、もちろん他の誰かにおまえが抱かれるのかと思うと耐えられなかった」

ひとしきり泣き続けた後、ようやく落ち着いたクロエにジンはそう言った。

「一生かかって償うつもりで俺はおまえの側にいようと思ったんだ。おまえに嫌われているとわかっていたが、ひとりで立って生きていこうと頑張っている姿を見たら……どうしても俺は俺の手でクロエを守りたい、支えたいって……。でもなかなか会ってくれなかったけどな」

あの頃を思い出すかのようにジンが苦く笑う。

お互い感情的になっていた時期だ。冷静に話し合える余裕などふたりの中にはなかった。

「それで……まあ、卑怯な、というか狡《ずる》い手だと思ったが、ヒュウゴに頼み込んで護衛ができるように話をつけてもらったんだ。ヒュウゴにはさんざん怒られたし、嫌みも言われたけれどね」

「お……俺がどれだけ悲しかったか……ジンにはわかる？」

しゃくり上げながらクロエは訴える。

「うん」

「すごく、すごく辛かったんだから……世界中の皆が俺のこと疎んでるのかもしれないって思って……どうしたらいいのかわからなくて……でも……でも……」

二年分の恨み言をジンに叩きつける。彼は黙ってそれを聞いて、背中を撫でてくれていた。吐き出し続けて心の中に溜《た》まっていた澱《おり》が少しずつ溶けてなくなっていく。

「おまえが発情期になったときにつけいるようにおまえのことを抱いて悪かった」

うううん、とクロエは首を横に振る。

発情期を利用したのは自分も同じだ。ジンに抱かれるならと自分もそれを利用したことには変わりない。

「ねえ、好きでいていいの……？　俺がジンを好きだって言ってもいいの？」

おずおずと窺うように聞くと、彼は静かに頷いた。

「ああ。俺はずっと嫌われていると思っていたから、さっきおまえが作っていた《巣》を見たときにものすごくうれしかった。……俺のことが好きか？」

「バカ……ジンのバカ……っ、好きじゃなかったらセックスなんかしない……っ。いくらオメガだからって嫌いなひとに抱かれたくなんかない。好きなひととしかセックスしたくない――」

言い終わる前に、クロエはジンにさらに強く抱きしめられた。驚いて顔を上げると、ゆっくりと彼の顔が近づいてきて唇が重なった。やわらかく温かい。ジンの逞しい腕の中で与えられる口づけに、クロエは目眩《めまい》がした。

思えば――これがはじめてのキスかもしれない。体を繋げていてもキスをしたことはなかったような気がした。

「ん――」

舌が絡み合う。与えられるとは思っていなかったものが与えられ、クロエはひどく幸せな気持ちになった。

「嘘みたい……俺、ジンとキスしてる……」

クロエがそう呟くと、ジンも「俺もだ」と言った。そうしてふたり顔を合わせて笑い合い、もう一度口づける。

ジンの髭《ひげ》が頬に当たってくすぐったいことも、鼻先を擦り合わせることが心地よいことも、それから幸せな気持ちでするキスがこんなにうれしいこともクロエにとっては全部はじめて知ることだ。おまけに今までとは打って変わって熱っぽく愛の言葉を囁かれるのも。

「知らないひとみたい」

「なにが」

「ジンにこんなに好きって言われると思ってなかったから」

「今好きだって言っておかないと、信じてくれそうにないからな」

照れくさそうな顔を見て、クロエはクスクスと笑う。

彼のやわらかい体毛に包まれて、この二年もの間知らなかったジンの素顔を見たような気がした。

「どんなことがあっても俺はクロエを守るから。だからずっとふたりでいよう」

ジンの言葉に、クロエはゆっくりとやわらかく微笑んだ。

ジンは真っ正直だ、とクロエは思う。良きにつけ悪しきにつけ真っ正直なひとなのだ。だから彼のことを好きになったのだろうとクロエは思う。

この二年はお互いにとって辛い時間だった。けれどこの二年がなかったらこうして結びつくことはなかったのかもしれない。時間はかかって遠回りしたけれど、この時間はきっと必要だった。

ふたりでいつまでもキスをしていた。これまでできなかったぶんを取り戻すように。

「おはよう、クロエ」

夜が明けて食堂に行くと、ミュカが満面の笑みで迎えてくれた。

あれからクロエはジンとふたり抱きしめ合ってただ眠っただけだ。ゆるゆると互いを確かめ合いながら寄り添ってぐっすりと。

本当は抱かれてもいいと思ったけれどジンががんとして頷かなかった。

「ああ、随分と顔色がよくなった。……ってことはあんたたちはもう大丈夫なんだね」

ふふっ、とミュカが悪戯《いたずら》っぽく笑う。

「え、あ、うん……」

「おかげさまでな。いろいろ心配をかけた。申し訳ない。このとおりだ」

クロエの隣にいたジンが頭を下げた。

「ほんっと、あんたたちみたいにこじらせきったカップルってのははじめて見たよ。好き合ってるくせにふたりともウジウジしちゃって。まあ、雨降って地固まるってとこかねえ。さあ、朝ご飯はたんとお食べ」

ミュカはテーブルにどんどんと料理を運ぶ。ギアンの作ってくれた朝食は体の隅々にまで染み渡るようにクロエに力を与えてくれた。

パンとミルクで作った粥《かゆ》にはたっぷりの蜂蜜が入っていて、そのやわらかな甘さはミュカとギアンのやさしさそのものだったし、リンゴを薄切りにして蒸し上げたものはぎゅっと甘さが凝縮していて、そこに添えられた干したブドウがさらに深い味わいだ。それからリンゴに振りかけられているラネル産のスパイスがふんわりと口の中に広がり、いくらでも食べていられそうなほど口に運ぶ手が止まらない。

どれもずっと食欲のなかったクロエを慮《おもんぱか》ってくれた味で、どれだけ自分が恵まれていたのかを改めて思い、心から感謝した。

かたやジンの朝ご飯はというと、こちらは笑ってしまうくらい肉、肉、肉のオンパレードで、朝からこんなに食べて胃もたれしないのかと心配してしまうほどだったが、ジンはそれをぺろりと平らげていた。

食事をしながら昨夜のあれからのことをミュカの口から聞いた。

侵入者はギアンによって追い払われたため宿泊客に被害はなかったと聞いて、クロエはホッとする。多少のドアや窓ガラスの修理は必要だが大きな痛手にはならなかったらしい。

「まあ、軍から補償があるっていうし、これで新品にしてもらえるよ」とミュカはちゃっかりしていた。

そんな話をしながら何本目かの骨付き肉にジンがかぶりつこうとしたときだ。

新月亭の入り口のドアを忙《せわ》しなく叩く音がして、すぐに軍の制服を着た者が飛び込んできた。

ジンはすぐに席を立ち、その者と話をしだす。ほんの二言三言言葉を交わしただけでその軍の関係者とおぼしき者は帰っていったが、その代わり、ジンの顔がにわかに険しくなった。

「クロエ、すぐに出発するぞ」

どうやらのっぴきならないことが起こったらしい。

「出発……って」

クロエがジンを見ると、彼は小さく頷き「思ってたより早くあいつらが動き出したらしい。不審な動きのジャイロが数機こっちに向かってきているそうだ」と言った。

ぐっすり眠ったし、食事もしたが、体力がすべて回復したわけではない。だがそんなことを言っている場合ではなさそうだ。

「でも、逃げるっていっても」

これから逃げる手段を算段しなければならない。列車や飛行船はまだ動いている時間ではないし、徒歩……はすぐに追いつかれる。ジンはいつも車を使っているが、その車は整備されたきれいな道を走ることはできるが、険しい山道を走り抜けられるだけの馬力はないはずだ。ジャイロコプターがあればいいが、あいにく新月亭のジャイロは故障していて修理に出しているし……と思っているとジンが口を開いた。

「ギアン、悪いけれど納屋の鍵を頼む」

納屋？　とクロエは首を傾げた。新月亭の納屋には古いテーブルや椅子が置かれているだけだ。そこになにが、と思っているとジンに手を引かれる。

「こっちだ」

連れていかれた先は納屋で、ギアンが納屋の鍵を開けてくれる。扉を開くと最新鋭の二人乗りジャイロコプターがそこに置かれていた。

通常二人乗りのジャイロはタンデム——前後に二人で乗る——というタイプのものばかりだが、このジャイロは横に並んで座ることができる画期的なものだ。はじめて見る最新式の計器もクロエには魅力的だった。

だが、今は最新鋭のジャイロに喜んでいる余裕などない。

「いつかはこんなことがあると思っていたから、置かせてもらっていた」

いつの間にこんなものを用意していたのかと、驚いたようにクロエは目をぱちくりとさせていた。

「これを持っておいき。弁当と飲み物だよ」

ミュカが小さな鞄《かばん》をクロエに手渡した。

「ミュカ……ありがとう。ごめん、ミュカ、あの……」

こんなに突然別れが来ると思っていなかったから、クロエはなんと言っていいのかわからずに、しどろもどろになる。そんなクロエの頭を撫でながらミュカはにっこりと笑う。

「またいつでも戻っておいで。あんたはうちの子なんだから。だからさよならは言わないよ。ここがあんたの家だ。大好きだよ、クロエ。あんたは本当にいい子だった」

ぎゅっとミュカに抱きしめられ、クロエもミュカを抱きしめ返した。

「ミュカありがとう。ギアンも本当にありがとう。……じゃあ、行ってくる」

「ああ、行っておいで。――ジン、うちの可愛いクロエをちゃんと守りきって。また一緒にご飯を食べにおいで」

「あんたの可愛い子に傷ひとつつけないようにするさ」

「約束だよ。さあ、もう時間もなさそうだ。行きな」

ミュカとギアンに見送られ、ふたりは飛び出した。

ジンの操縦するジャイロは高々と空に上がり、そうしてできるだけ目立たないように、ルートを森林地帯に取った。

早朝の森は朝露に濡れて、清々《すがすが》しい木々の匂いでいっぱいだ。幸い追ってくる影はない。このままコフィンの者に見つからず逃げきれるような気がした。

「ジン、どこまで行くの」

「……燃料をどこかで補給できたら、コルヌまでは行きたいんだが」

コルヌは湖の町だということはクロエも知っている。だが、ここからはひどく遠い。たぶん山を越えて行くことになるのだろう。

「コルヌって、随分遠いよね」

「ああ。しかしコルヌにはヒュウゴがいるし、近くにはひとまず身を隠すのにうってつけの場所がいくつもある。長居は無理だろうとは思うが、とりあえず向かうにはいいだろう」

長旅になるから覚悟しておけ、と言われてクロエは頷いた。

はじめはクロエもふたりだけの空の旅、という気楽さでいた。

ジャイロはできるだけ高度を低く保ち、目立たないように飛行する。木々の間を抜け、時折聞こえる鳥の声に耳を傾け……けっして油断はしていないものの、たぶん緊迫感には欠けていた。そのときだ。

低い飛行音とともに銃声が聞こえた。どうやら放たれた銃弾はクロエとジンの乗るジャイロのすぐ側をすり抜けたのだろう。木の幹を掠《かす》めてその木肌を抉《えぐ》り、そこに止まっていた鳥が慌てたように羽ばたいて飛び去っていった。

「わっ」

一連のそれらの音を聞き、ジンとクロエの間に緊張感が走る。

クロエが振り向いて後ろを見ると、何機ものジャイロが追いかけるように飛んできた。ざっと数えただけでも五機はいる。

クロエはごくりと息を呑んだ。

「くそ、やってきやがったか」

ジンがレバーやスティックを握り直し、それを絶妙に操りながら、後方からやってくるジャイロを攪乱《かくらん》するように木々の間を縫っていく。木の葉や細い枝がクロエの顔にも当たるほどのギリギリ狭いところを抜けて進んだ。頬についた細かなかすり傷の痛みなど気にする暇もなく、クロエは後ろを見ながら隣のジンに逐一様子を報告する。それを聞きながらジンは右に左に機体を操った。

しかしこちらは二人乗りのジャイロだ。身軽さは敵側の一人乗りのジャイロに軍配が上がる。機体の大きさと重さの分だけこちらは動きが鈍重になり、追いつかれそうになった。おまけに向こうの機体には機関銃が備えられていて、こちらに攻撃を仕掛けてくる。連射される機関銃の攻撃を躱すのだけで精一杯だ。こちらは武器らしい武器は持っていない。それもこちらには非常に不利である。ジンの操縦に頼るしかなく、逃げるだけ。

森の中をさらに深いところまで進んでいく。鬱蒼《うっそう》とした森の中では視界も限られており、互いが互いの気配を読み取りながら牽制《けんせい》しあう。

そんな中、相手側の一機からクロエに向かって銃弾が放たれた。

「クロエ……ッ！」

とっさにジンがクロエを庇う。が、その銃弾はジンの左腕に当たった。

「……ッ」

「ジン――ッ！」

ジンの顔が苦痛に歪む。高度と速度を制御するレバーを操る左腕から血が止まらない。

自分に銃弾が当たったというのに、クロエのことを心配するジンに胸が痛む。

「大丈夫か、クロエ」

「俺は平気……っ。でも、ジンの腕……」

クロエはすぐさまハンカチを取り出し、ジンの出血を止めようと強く縛る。だが、彼の腕の怪我《けが》はひどかった。レバーを動かす手がかなり痛いのだろう。痛みをこらえるように顔をしかめている。レバーを動かす手も止まってしまう。彼はもう上手くレバーを扱うことはできないようだった。

クロエがサポートしようとレバーを握るジンの手に自分の手をかけ、機体をどうにかコントロールしようとする。幸運にもその不安定な動きが相手の機体を攪乱できたらしく、そのうちの二機ほどが大きな木に衝突していた。

けれどもまだ他の機体は残ったままだ。いったん攻撃の手は収まったものの、怯《ひる》んでいる様子は見られなかった。

「ジン、俺にレバーを任せて」

きっぱりとジンに言う。ジンは「平気だ」と言うが、レバーを動かす手が痛みで自由が利かないのは明白だった。

「やってみせるから。大丈夫。これでも俺、オーリーにジャイロの操縦のセンスがあるって褒められてた。……俺だってジンを失いたくない。――もうこれ以上誰も」

お願い、とクロエはまっすぐにジンを見つめた。

「息が合わなかったら……最悪だぞ」

にやりとジンが唇を引き上げる。

「息くらい合わせてみせるよ。ジンこそ足を引っ張らないでよね」

クロエもニッ、と笑ってみせた。

「言ったな――よし、じゃあ、こっちは任せる。行くぞ、クロエ」

「了解」

ジンは右の手で強くスティックを握り直し、そして今まで左手で触れていたレバーをクロエに譲った。

クロエはジンの指示どおりに操縦する。息はぴったりと合っていてとてもふたりで操縦しているとは思えないほど完璧《かんぺき》な飛行を続ける。右に左に、上に下にと機体を自由自在に操り、森の中を縦横無尽に駆け抜けた。

「わっ」

びゅうっ、と突風に煽られすぐさまクロエが高度を下げる。

ルイニア独特の風だ。強い風が機体を煽り、バランスを保つのに苦労する。

「大丈夫か」

だがそこはジンの操縦に助けられる。彼がいると思うだけでクロエの心は強くなれる。

「うん、大丈夫」

「そうか……この風を利用しない手はないな」

言うと、ジンはぐんと機体を傾けた。

向こうはこの風に慣れていない。機体も軽いため簡単に風の影響を受け、操縦が困難になる。その隙をついて、ジンとクロエは飛行を続けた。

そうしてはじめ五機ほどいた相手の機体は残り一機となった。

だが最後に残った相手側のジャイロの操縦士もさるものでなかなか振り切ることができ

ない。このままでは燃料切れで自分たちのほうがピンチになる。

「燃料が……キツいな。このぶんだと補給の前にこっちが墜落しちまう」

「そんな……」

せっかくここまでやってきたのだ。あと一機を振り切ることさえできれば、と思うのにまさかの燃料切れの危機とは。

ジンはなにか考え込み、そしてはっと目を見開いた。

「クロエ」

「なに？」

「ひとつ案がある。おまえを危険にさらすことになるが――」

ジンの提案に一も二もなくクロエは頷く。もとより危険など覚悟の上だ。クロエはジンの言うとおりにレバーを操った。

高速でクロエたちのジャイロは高度を保ったまま森を抜けていく。

「見えたか」

「うん、見える。あの駅だね」

クロエの目には暗がりの中にぽつんとある、無人の貨物駅が見えた。ジンはそこを目標にしていた。というのも、この駅には待機中の貨物列車がいくつもあり、特に特徴的なのは燃料を積んでいる車両の中継基地になっているということだった。

「そうだ。ちょうど上手い具合にすっかり日も落ちた。いいか、行くぞ」

「了解」

一か八かの賭《か》けだった。

ジンの作戦はこの暗がりを利用して、相手のジャイロをその燃料が積載されている貨物車両に衝突させること。そのためにはジンとクロエの乗ったこのジャイロの操縦が肝になる。ふたりの息がぴったりと合わなければ、自分たちが衝突することになる。

ぐん、とめいっぱいまでジャイロのスピードを上げる。

緊張にクロエは手が震えていた。だがこの微妙な操作をミスしてしまえば自分たちは命を落としてしまう。ギリギリまで相手を引きつけ、そして――。

「クロエッ」

ジンの合図で、クロエはいきなりジャイロの高度を落とす。それから貨物車両の間を縫うように高速で車両から遠ざかる。その瞬間――。

大きな衝突音が背後から聞こえた。

「もっとスピードを上げろ……っ！」

ジンの指示でクロエはレバーを力いっぱい操作した。直後に自分たちの乗ったジャイロの後ろで凄まじい爆発音とともに火柱が上がる。

あとはそこから遠ざかるだけだった。

「よくやった」

久しぶりに会ったヒュウゴは心から安心しているというような顔をしていた。

ルイニアからの逃亡劇の後、なんとかクロエとジンは下山し、麓《ふもと》の町にたどり着くことができた。そこから軍に連絡を取ってもらい、無事に保護されて今はレーキアの病院にいる。クロエの生まれ育った町だ。

そしてジンは怪我の治療で、またクロエも過労で倒れふたり仲よく入院しているのだった。クロエはすぐによくなったが、ジンは銃弾を腕から取り出す手術を受けた。難しい手術だったようだが、幸い成功し、術後は順調に回復していて、今日退院となった。

表向きにはクロエたちもあの爆発に巻き込まれたことになっている。クロエは死亡、あるいは行方不明という噂《うわさ》を流し、そう思わせることに成功した。

「おまえらときたら危ないことを」

ヒュウゴに呆れたように言われ、クロエはジンと顔を見合わせてふたりで肩を竦める。

「まあ、とにかく無事でよかった。――それで、当分レーキアにいると聞いたが」

「ええ。まだクロエはオーリーとマリエの墓参りもできていないので。しばらくレーキアの家にいようと思って」

　二年の間空けていた、クロエの育った家。そこにひとまず帰ろうとクロエはジンと約束していた。これからのことはふたりで相談しながら考えることにした。

「そうか。今なら安全かもしれないな。まだまだ油断はできないが……まあ、ジンがついているなら大丈夫だろう」

　ヒュウゴがにんまりとなにか言いたげな顔で笑う。クロエは照れくさそうに少し顔を俯《うつむ》けた。

「それはそうと、なんだっけ、あのルルとかいう子のことだが。こちらでも行方を摑みきれてなくてな。悪い。生きているのかどうなのか」

　コフィンのアジトを摘発した際、銃撃戦があったようだが、そこで数人の死亡が確認されたという。その中にはルルの遺体はなかったようなので生きているとは思うが、とヒュウゴは付け加える。

「そうですか。……またどこかで俺を騙《だま》したように、違う誰かを騙しているのかもしれないですね」

　ジンがぽつりと言う。その顔はどこか寂しそうに見えた。

　クロエはそんなジンの手を取ってぎゅっと握りしめた。こんなことで慰められるとは思わないし、同情だと思われるかもしれないけれど、そうせずにはいられなかった。

するとジンも手を握り返してくれる。クロエはジンの顔を見て、小さく笑った。

「とにかく、だ。慌ただしくて申し訳ないが、俺はこれからすぐにコルヌに戻らなくちゃいけない。次の仕掛けと……それから俺にも守らなくちゃなんないやつがいてな。そいつの側にいてやりたいんだ。そいつもクロエ、おまえと同じ研究所生まれのオメガだ。とはいえ——なんせまだまだお子様なんでな。危なっかしくて」

ヒュウゴにそんな相手がいたとは初耳だった。

キョトンとした顔をすると、ジンが悪戯っぽく笑いながら「ヒュウゴの片想いの相手だよ」とそっと耳打ちする。

「おい、ジン、よけいなことクロエに吹き込むな」

顔を赤くし、慌てたように言うヒュウゴが珍しくてクロエはクスクスと笑った。こうして穏やかに笑える日が来るとは思わなかった。

「ふふ……じゃあ、ヒュウゴも頑張ってね。その子をちゃんと守ってあげて」

クロエが言うとヒュウゴはばつが悪そうに頭をかいていた。

いつかその子とも会えるといいな、そんなことをクロエは思った。

ヒュウゴと別れた後、クロエはジンとふたりでオーリーとマリエの眠る墓へ向かう。

墓前にオーリーとマリエが大好きだった花を供え、そして少し泣いた。

二年ぶりに戻った家はきちんと手入れがされていて、昔のままだった。

もう誰も住んでいないから、もっと荒れているのかと思っていたのに、とクロエは驚く。

「──いつ、おまえが戻ってきてもいいようにしておいた」

え、とクロエが振り向いてジンの顔を見る。

「じゃあ、ジンが……？」

「ミュカのところもおまえの家だが、ここもおまえの家だろう？」

ジンの言葉にクロエは頷く。

「うん……うん……ありがとう……ジン……」

クロエを思ってしてくれたことが本当にうれしかった。

自分のことをこんなにも思ってくれるひとがいる。ひとたちがいる。

ジン……そしてミュカにギアン。それからオーリーとマリエ。みんなクロエのことを大事に、そして愛してくれていた。

ジンに腕を伸ばす。すると彼もクロエに向けて腕を伸ばした。

ふたりで抱きしめ合い、どちらからともなくキスをする。啄《ついば》むようなキスを何度も重ねた。

「好き、ジンのことがとても」

「ああ、俺もだ。ずっとおまえの側にいたい」

抱きしめる手の力が強くなり、唇を重ねる時間も徐々に長くなっていく。

「このまま……俺の側にいてくれるの？　ジンも一緒に身を隠しながら過ごすことになるけどそれで本当にいいの？」

いっときはごまかすことができても、またきっと今回と同じような目に遭うのは目に見えている。クロエという限り、そしてコフィンという組織がなくならない限り、ずっとついて回ることなのだ。

「ああ、もちろんだ。それにその隠し彫りがなくなってしまえば、おまえを狙う者はいなくなる。それまでの我慢だ」

「そんなことできるの？」

この自分の体に刻みつけられた忌まわしい彫り物を消すことができたらどんなにかうれしいだろう。だがそんなこと果たしてできるのだろうか。訝《いぶか》しい顔でジンを見ると、彼はこう言った。

「俺はずっとそれを消す方法を探していた。……そうしたら北の地方に研究者がいるらしいということを聞きつけた。だからクロエ、俺と一緒に探しに行こう」

「でも、それじゃあ……これがなくなったら、ジンは俺のこと守らなくてよくなるってことだよね……？」

これがあったからこそ自分たちは結びついていたも同然だった。いざそれが消すことができるかもしれないと思うと、ジンがいなくなってしまうのではないかと不安が増す。

クロエがその不安を口にすると、ジンはコツンと額をクロエの額にぶつけた。

「言っただろう、一生だと。あってもなくても、おまえを守り続けると誓う。だから……おまえのつがいにしてくれ。おまえを本当に俺のものにしたい。……ダメか？」

そう告げられてもう嫌だなんて言えない。

クロエは差し出すように、自分の首筋をジンの目の前にさらけ出す。

ジンの顔が近づいてきて、首筋に彼の吐息が触れた。牙が当たる。ガリ、と彼の牙が首筋に食い込んできて――。

「――っ」

一瞬、光の渦に巻き込まれたのかと思うような衝撃を覚える。目の前がチカチカと光り輝き……それはさながら神聖な儀式のようだった。

今まで何度も体を重ねていたくせに、気持ちを確かめ合った後で抱き合うのはひどく恥ずかしい気がした。

けれどジンはためらうことなく、クロエに手を伸ばした。だからクロエも浅ましいと思いながらもジンの体に縋《すが》りつく。

美しい獣の体。

漆黒と遠目には映るのに、光の加減で美しい文様が浮かび上がる。そのミステリアスな体がどれほど魅力的なのか。やや短めの体毛はとてもやわらかで、いつもクロエを癒《い》やしてくれている。寄り添うと肌触りのいい毛皮が気持ちよくて、うっとりと体を委ねてしまうのだ。

そうして顔を上げるとまだ離れていたはずのジンの顔が驚くほど近くにあった。あ、と思ったときには、顎《あご》を取られ、唇を重ねられてしまう。腰を引き寄せられ、舌を差し入れられて、くまなく口内を暴かれた。

「――っ、ん……んんっ」

絡みついてくる舌先のあまりの気持ちよさに戦《おのの》いて、自らの舌を引っ込めてはみるものの、すぐに追いかけられて搦《から》め捕られ、愛撫される。

「ふ……う……っ……ん……んっ」

唾液を嚥下《えんか》することすらできず、喉の奥がひりひりとするほど渇いていた。

貪《むさぼ》り尽くされるかのようなキスの合間にジンの顔を覗き込むと、彼はこれまで見たこともないほどに熱っぽくクロエを見つめている。いつも抑えたように無機質な瞳でクロエを抱く彼とは大違いだ。

逃れることのできなくなったジンの腕の中で「愛してる」と彼が囁く声を聞く。

「痛くなかったか」

そう言って彼はそろりとクロエの首筋に指を触れた。

「ううん、ちっとも」

くっきりと噛み跡がつけられたクロエの首筋をいたわるように、ジンはそろりと舌を這《は》わせた。

「……あ……ぁ……」

やけにそこが感じてしまう。

噛まれたとき、そこからじんわりと体に広がるやわらかな温かさを感じ、どうしようもなく幸せな気持ちになった。あの不思議な感覚はきっと一生忘れることがない。

うれしくてうれしくてジンに抱きついて、また泣いてしまったけれど、彼は「今まで泣かせたぶん、幸せにする」と抱きしめてくれた。

ジンの舌は首筋から離れ、今度はクロエの耳を愛撫するようになぞられる。甘く噛まれたり、耳の中へ舌を差し入れられると、ぞくりと皮膚が粟立《あわだ》った。

「耳がそんなにいいいか」

クロエはこくこくと頷く。耳を舐められたり、擦られたりすると、どうしようもなく体が熱くなる。淫らに腰を揺らすクロエにジンは耳への愛撫を続けた。

同時に彼の手が慣れたようにクロエの胸へ触れ、そのまま乳首を摘まみ上げられる。

「……あ……っ」

クロエの背が弓なりに反る。ジンはその仰け反ったクロエの喉に舌を這わせ、さらに赤く色づきツンと尖った乳首を指で捏ねはじめた。もどかしい刺激にクロエの腰が自然に揺れる。

「……ん……、……んっ」

首筋から胸元に移ってきたジンの舌が、乳首ををちろちろと行き来する。執拗《しつよう》に体中のどこもかしこもを舐められて、また彼のしなやかな尻尾《しっぽ》でも撫で回され、全身が口に含んだ砂糖菓子みたいになってしまう。とろとろに溶けてしまって、どうにかなってしまいそうだった。

ジンにこんなふうに甘やかされるように抱かれる日が来るとは思わなかった。

いつも抱かれるのは発情期のときだったから、ただ本能のままに交わるだけだったけれど、きっとこれが恋人同士がする本当のセックスなのだろう。

体を裏返され、背中も丹念に愛撫され……好きだと呪文《じゅもん》のように囁かれる。その呪文に誘われるように閉じてしまった瞼《まぶた》を開くと、熱の籠《こ》もった瞳がクロエを見つめていた。

「ジン……ジン、来て……俺の中……」

蕩けるような快感は、発情期のときのうねるような激しさはないものの、体の隅々まで痺れるような甘さをクロエに与える。

ジンはつま先まで戦慄かせているクロエの脚へ口づけながら睦言を囁く。そうしてクロエの開いた足のつけ根まで舌を這わせた。さらにそのぬめる舌先はクロエの双丘の奥にある蕾を舐め溶かしてこじ開ける。

クロエの可愛らしい白い尻尾のつけ根まで舐め溶かされて、体の奥からとろとろになってしまいそうだった。

「あ、あっ……あぁっ」

その舌の動きがクロエを乱れさせる。クロエが啜《すす》り泣きながら許して、と口走るまでジンは尻尾や蕾への愛撫をやめなかった。そうしてジンはクロエを俯せにさせようとしたが、クロエはいやいやと首を振る。

「やだ……ジンの顔、見たい。お願い……前から、して」

いつも後ろから貫かれるだけだった。ジンがどんな顔をして自分を抱いているのかクロエは知らなかったから。

ジンは「わかった」と短く言うと、クロエに小さく口づける。

ゆっくりとクロエの体を横たえて、ジンは下衣の前を寛《くつろ》げる。そこからは、彼の逞しいものが覗いていた。

それはひどく美しく卑猥な光景だった。

鍛え上げられた体軀《たいく》に天を向くように屹立した逞しく大きなものが彼の体の中心にある。

それを目にして、改めてクロエは息を呑む。発情期ではないのに、クロエの体が熱くなり、ぞくぞくとした。

大好きな、一番好きな男の。

クロエは自ら脚を開き、膝を立てる。

「来て……ここ、ジンのちょうだい……ここ、いっぱいにして」

誘うクロエの言葉に、ジンの表情が猛々《たけだけ》しくなる。はあ、と興奮しきった息を漏らしたかと思うと、次の瞬間にはクロエの腰を持ち上げて、ずぶりとその逞しいものを突き刺した。

あまりの大きさと熱さに、クロエは目を見開く。これまで彼のものをここで受け入れてきたけれど、今までで一番大きく硬い。

「あ、あ、あ……ああっ！」

ぶわっ、と体中の皮膚が粟立った。

ずぶずぶと沈むその衝撃にとっさに息をすることも忘れ、ただ口を、パクパクと開け閉めさせるだけだ。

だが、既に蕩かされていたそこは、ジンのものを奥まで迎え入れる。

「クロエ……愛してる……俺の……俺の……」

ジンは甘くせつなく囁いて、クロエの体をゆさゆさと揺さぶる。ジンに腰を揺らされるうちに徐々にクロエの上げる声も甘く艶《つや》めきはじめた。奥を擦られて穿たれるたびに身も世もなく喘いでしまう。

「は……あっ、あ、…っ、……んっ、ん…」

悦《よ》くて、悦くて、体が溶けていく。体が溶けて、脳髄まで溶けてしまって考える力を失わせた。ただもっと奥を擦って欲しくて腰を丸く揺らめかせる。

深く繋がっていたい。

もっと奥で繋がりたい。

「う、うっ……っ、ぁっ、……んっ」

泣くような喘ぎを漏らしクロエはジンにしがみついた。脚をジンに絡め、浅ましく彼を求める。

唇も触れていたいとジンにキスを強請《ねだ》られ、口腔《こうこう》内も舌で蹂躙《じゅうりん》される。絡みついて快感をもたらしているものが、キスによるものか、それとも媚肉《びにく》を擦られて感じているものか、頭の中では既に判別できずにいる。

どちらも熱くて、気持ちがよくて、溺れてしまいそうだった。

自分の体をジンが貫いていると思うだけで感じきってしまう。すべてをやるせないほどの快感に変えて、クロエを翻弄した。

「ジン……ジン……、ね、俺の中、いい……？」

「ああ……すごく、な。ああ……クロエ、もっと可愛いとこ見せな」

ジンに口づけられて、うっとりとした。

そのすぐ後、さらに奥へと突き入れられる。

「あ——アァッ！」

尻の肉を鷲掴《わしづか》みにされ、ずん、とさらに深く灼熱《しゃくねつ》を捻《ね》じ入れられる。

彼の棘がクロエの内壁に突き刺さり、鋭い痛みも同時に与えた。

「あぁっ、いやぁぁっ……いや、いやぁっ……」

腰が砕けてしまうのではないかと思うほどの打ちつけに、クロエの理性がすべて飛ぶ。

「あ、あ、あ……あ、あぁんっ……いっ、いいっ……ああ……」

最奥を暴かれ、突き入れられて、終わらない快感がクロエを支配する。

「やだっ……、いやぁ……なに、これ……っ」

ああ、と声を上げながら、ジンがもたらすその熱いうねりに体をガクガクと痙攣させる。

鼻腔《びこう》にジンの匂いを感じながら、猛った雄に犯される。中を捏ね回され、せつない声で名前を呼ばれた。

「クロエ……クロ……っ」

ジンの限界が近いとばかりのしかめた顔が愛《いと》おしい。彼の逞しい体にいいようにされて、クロエはただ淫らな声を上げ続けた。ジンの背に爪を立て、強くしがみつく。

激しく突き上げられながら、最奥に熱いぬめりを放たれ、じんわりとそれが広がる感覚にクロエはうれしげに悲鳴を上げた。

「あ……ぁ……」

過ぎた快感に体を痙攣させたまま、クロエのペニスからも、とろとろと白い蜜がこぼれ落ちている。

愛している、とジンに口づけられ、幾度となくまた体を絡み合わせた。

＊

「クロエ、支度はできたか。そろそろ行くぞ」

ジンがクロエに声をかけた。彼の手には旅行用の鞄がひとつ。

「今行く——あ、ちょっと待って。オーリーとマリエに行ってきますの挨拶をするから」

クロエはジンの待つ玄関まで向かいかけたところで、引き返す。リビングに置いているオーリーとマリエの写真立ての前でにっこりと笑った。

「オーリー、マリエ、行ってきます。またちょっと留守にするけど、ごめんね」

そうして写真立ての中で微笑んでいるふたりにキスをした。

クロエとジンは一年ほどレーキアで暮らしていたが、また他の土地へ行くことになった。自分たちはこうやって知らない土地へ流れていきながら、これからも暮らしていくのだと思う。

けれど昔――そう、もう昔だと思えるくらい懐かしい日々になってしまったけれど――十六だったあの日の自分とは今はまるで違っていた。

なにより今は隣に愛するひとがいてくれる。

「おまたせ、さあ、行こう？」

「ああ」

「ねえ、ルイニア行きの飛行船って、何時に出発だったっけ」

「ん？」

「ミュカに会うの久しぶりだし、お土産もう少し買い足したい。ダメ？」

新しい土地に行く前に、第二の故郷に立ち寄ってから、とジンとふたりで相談して決めた。ミュカに手紙を書くと、楽しみにしていると返事が来た。

大好きな、大好きな家族に会いに行くのだ。

空を仰ぐと、雲ひとつない鮮やかな青色が美しい。ときおり行き過ぎる飛行船は、あれはどこまで行くのだろうか。

この空はどこまでも繋がっている。ミュカとギアンのいるルイニアに、ヒュウゴのいるコルヌに。空の下にいればもう寂しくはなかった。

「まだちょっと時間があるから、ギアンに酒でも買っていこう。ミュカにはたんまりお菓子を買ったんだろう？」

「うん。ミュカきっと喜ぶはず。なんたって、レーキアはお菓子が美味しいからね。それに昨日はマリエ直伝のキャロットケーキも作ったし」

「それは最高。クロエのキャロットケーキはイオ一だ」

不意に強い風が吹いた。

その風はルイニアの風を思い出させ、クロエは懐かしいもうひとつの故郷へと早く飛んでいきたくなる。

「さあ、行こう！」

青空の下で背伸びをして、ジンに昔はできなかったキスをして、そうしてふたりは歩きはじめた。

夢の家

正午を告げる鮮やかなカリヨンの音がコルヌの町に鳴り響いている。

青空の下くっきりとした稜線《りょうせん》を描く山々を背にした美しい町は、昔のままだった。

「コルヌも久しぶり。相変わらずきれいなところだよね」

クロエは振り返りながらアルパリの尾根を眩《まぶ》しげに見つめる。短い間しかここには滞在したことはないが、印象深い土地だ。

あのときはヒュウゴの指示で半ばジンの任務に伴ってここに来ていたけれど、今回自分たちは単なる旅行者だ。だからよけいに景色が美しく見えるのかもしれない。

五年前にヒュウゴがコフィンへ資金提供している大物を逮捕したことによって、資金源を絶たれた彼らはまた活動の縮小を余儀なくされている。おかげでクロエも以前よりは自由にあちこち出歩くことができるようになった。

あれからもう五年以上も経つなんて……と思いながら、クロエはジンとふたりでこれから向かう旧友の家へ足取り軽く歩きはじめた。

「そういや、ジンはトワには会ったことがないんだよね」

「ああ、そうだな」

「……っていっても、俺も一度しか会ったことがないけれど。だけどね、すごく可愛《かわい》い子だったよ。ヒュウゴがゾッコンっていうのがわかるな。素直で大きい目をくるくるさせて、とっても笑顔が可愛くて」

「へえ。あのヒュウゴが目に入れても痛くないくらいに溺愛《できあい》してるっていうのが、俺にはあまり信じられなかったが」

「あはは、確かに。……さあ、行こう。きっとお待ちかねだよ」

軍を退役する前までのヒュウゴはジンにとってはかなり厳しい上官だったようだ。そのヒュウゴが可愛い奥さんを目の前に鼻の下を伸ばしているというのは、たぶんジンだけでなく、当時の軍の関係者は信じられないことかもしれない。

クロエとジンがコルヌにいた当時にはまだヒュウゴも独り者だった。そのヒュウゴが今ではパパだというのだから驚きだ。

そして今回自分たちがコルヌにやってきたのは、ヒュウゴのパートナーであるトワに新しい家族が増えたお祝いのためである。

ヒュウゴとトワには既にふたりの子どもがいるのだが、そのふたりの子が生まれたどちらのときにも、あいにく自分たちはとても遠いところにいた上に、ジンの仕事の都合もつかずコルヌまで足を延ばせなかった。

しかし今回はちょうどジンの仕事でアーラにやってきていた。

となれば顔を出さないわけにはいかない。久しぶりにコルヌの空気も吸いたいし、ということでヒュウゴの家にお邪魔することにしたのである。

船着き場から伸びる石畳の道をずんずん歩いていく。途中に五年前クロエが働いていた酒場があって、懐かしそうに目を細めた。あのときは突然辞めることになって、申し訳なかったなと思ったが、最後まで知らない振りを決め込んでくれた店主に感謝する。

後で顔を出そう、と思いながらさらに道を進んでいった。

本当にどこもかしこもが昔のままで、短い滞在だったけれど当時の記憶を思い起こしながら、通りを歩いていく。

やがて、小麦の焼けるいい匂《にお》いがプンと漂ってきて、じきに目的の場所だということを教えてくれた。

パン屋さんのお向かいがヒュウゴの家。

昔は飾り気のない家だったけれど、今は出窓に可愛らしい花が咲く植木鉢が置かれ、きれいにペンキも塗り替えられている。

クロエはその可愛らしい家を見て、微笑《ほほえ》ましいとばかりにふふっ、と笑い声を漏らした。

玄関ドアの前に立って、ノッカーをコンコンと鳴らす。

「はーい!」

中から元気のいい声が聞こえてきた。

「いらっしゃい！　ようこそ！」

五年前と変わらず、明るく元気いっぱいのトワが満面の笑みで出迎えてくれる。

赤い色の髪の毛に緑色の瞳《ひとみ》は以前よりもずっとキラキラと輝いているように思えた。

そうして、そのトワの足もとには小さな男の子がふたり。ヒュウゴに似た子と、それからトワに似た子。どちらもくるくると大きな目がとても可愛い。

「さあ、どうぞ。中に入って。ヒュウゴもお待ちかねだよ」

にこにことしているトワに促され、クロエもジンも家の中に入っていった。

「久しぶり、ヒュウゴ。手紙ありがとう」

ヒュウゴはその両腕に生まれたての赤ちゃんをふたり抱えている。彼の腕の中にいる子たちは心地よさげに、おとなしくしていた。ふたりの赤ん坊は双子で、こちらもヒュウゴとトワそれぞれによく似ている。一気に家族がふたりも増えて、さぞかしヒュウゴの家は賑《にぎ》やかだろう。

「久しぶりだな、ジン、クロエ。元気にしていたか」

ヒュウゴは父親稼業が板についたようで、子どもを抱えてご満悦だ。

「うん。元気だったよ。ヒュウゴもすっかりパパだよね。……あ、その子たちがこの前生まれたチビちゃんたちだね。……俺、生まれたばかりの赤ちゃんに会うのってはじめて」

クロエがヒュウゴとトワの間に生まれた双子を代わる代わる眩しげに見つめる。

トワは昔から小さな子の世話もしていたと聞くが、クロエはそういう経験はない。たくさん苦労をしてきたトワは、きっと今とても幸せなのだろう。

「抱っこしてみるか？」

ヒュウゴの言葉にクロエはパッと顔を上げる。

「いいの？」

「ああ、もちろんだ」

ヒュウゴの隣に佇《たたず》んでいるトワを見ると、彼も大きく頷《うなず》いている。

「わあ、ありがとう……！」

早速、と思ったところで今度はちびっこたちに「てをあらうの！」と注意をされた。

「そうだね、手を洗ってからだよね」

まるで先生のようなちびっこたちに教えを受けて、クロエはようやくトワの赤ちゃんを抱っこする。双子どちらも抱かせてもらったが、小さいことには変わりないのに自分の腕の中にいるふたりとも、それぞれ個性が違った。

「ペールとライラというんだ」

ヒュウゴに似ている男の子はペール。クロエの顔を興味深げに見つめながら、もぞもぞとよく動き回る。元気のいい子だ。トワに似ている女の子はライラ。おとなしいがニコニコとしていて、甘えるように抱きついてくる。

ぷにぷにのほっぺたや、ふにゃりとやわらかい小さな体を抱いていると、自然とクロエも笑顔になる。

「可愛い……こんなに可愛い子がいて、ヒュウゴは幸せだね」

「まあな。おかげさまで」

「まったく、臆面《おくめん》もなくのろけちゃって」

あはは、と皆で笑う。

いつまでもこうしていたい気もしたが、ペールのおむつが濡《ぬ》れたのか「ふえぇぇぇ……」と泣き出したので、慌ててトワにバトンタッチした。

クロエたちとヒュウゴが話をしている間にも、トワと子どもたちはなにやら楽しげに明るい笑い声を立てている。それがけっしてうるさくなく、可愛らしい歌のように聞こえていた。

「ああ！　そうだ、これ、お土産《みやげ》。これはトワに。ルイニアはほら、山でしょう？　だから編み物も有名なんだ。この前行ってきたときに買ってきて……。まだ時期が早いけれど、冬に使って」

トワに、と思って買ってきたのは大きな膝掛《ひざか》けだ。これならトワだけでなく、ちびっこ

たちにも使えるはずだ。丈夫だし、なによりとても温かい。

「え？　俺に？」

「うん。トワの目の色と同じ緑色にしてみたよ」

「俺の……」

トワは大きな目をぱちくりとさせている。まさか一度会っただけのクロエが目の色を覚えていると思っていなかったのだろう。それがまたトワらしい素直な表情でクロエは心が温かくなる。ヒュウゴが惚《ほ》れるのも当然だな、とクロエはふふっ、と含むように笑った。

「ありがとう……！　すごくうれしい」

「よかったら使ってね。それからこっちはちびちゃんたちに。お揃《そろ》いの手袋だよ。そしてこれは一番のちびちゃんたちに。きっと靴下が必要になるかなって。使ってくれるとうれしいんだけど」

可愛らしい星柄の入ったお揃いの手袋や靴下、それらはトワの子どもたちもとても喜んだ。早速手袋をはめて、きゃっきゃっと走り回っていたほどだ。

クロエはその様子を見て、またうれしくなる。実はトワたちのお土産を選ぶのはかなり悩んだのだ。あまりに悩みすぎて、店の中や外を長い間うろつきまわって、ジンに呆《あき》れられたくらいに。

「クロエはそれを買うときに、二時間近く店の中と外を行ったり来たりで悩んでたんだ」

「ええ？　そうなの？」

トワが驚いたような声を出した。

ジンがあっさりとその秘密を言うので、クロエはとても恥ずかしくなる。

「もう！　ジン！　バラさないでよ」

「いいだろう？　それだけ真剣に選んだ、ってことなんだから」

「やだ、もう、恥ずかしい」

クロエは顔を真っ赤にする。けれど、なんとなくトワのことは勝手に身近に感じてしまっていて――そう、自分に弟がいたらこんな感じなのかな、と――トワが喜ぶものはなんだろうと真剣に悩んだのだ。

自分もトワも研究所で生まれた、というそれだけのことだが、それがどれだけ自分たちの人生に影響したかしれない。ましてやオメガという特殊な種である自分たちはどれほど運命に翻弄《ほんろう》されたことだろう。

そう思うとどうしてもトワのことを他人とは思えないのだ。

「その買い物に、おまえはずっとつき合ってたんだろう？　ジン」

ヒュウゴがにやりと笑う。

「あっ、そうだよね。そういうことになるよね」

トワがパン、と手のひらを打った。

「二時間近くも買い物につき合うなんて、惚れてるやつじゃないとできないよな。まあ、おまえも随分クロエに惚れてるって証拠だ」

ニヤニヤと笑うヒュウゴに今度はジンが顔を赤くする番だった。


トワの手料理を振る舞ってもらい、そしてクロエとジンに懐いたエルヴィとリーチャと一緒に、食事の前にはめいっぱい遊んだ。

トワの料理は本当に美味《おい》しく、ギアンの料理にもマリエの料理にも負けないほどで、いつかギアンのところにトワを連れていってあげたいな、とクロエは思う。ふたりが互いにレシピを交換し合うのが目に見えるようだ。

食後のお茶を飲んでいると、不意にヒュウゴが「いい情報があるんだ」と切り出した。

「いい情報？」

クロエとジンがきょとんとした顔をする。

最近ではコフィンの目立った動きも特にないし、情報というと……そう首を傾《かし》げていると、ヒュウゴがクロエの体を指さした。

「え？」

「そいつを消す方法、まだ見つけてないんだろ」

そいつ、というのはクロエの体に彫られた隠し彫りのことだ。クロエとジンは黙って頷いた。長いことクロエとジンは隠し彫りを消す方法を探し続けていた。が、いまだそれは叶《かな》っていない。

これまで身を隠すようにして暮らしていたこともあり、大っぴらに探るということができずにいた。それでもいくつかそれらしい情報を得て、出向いたこともあったが、すべて徒足に終わったのだ。

「実はな、この前ちょいとカレリアに行ってきたんだが、そこで面白いことを聞いてな」

カレリアというのはイオと同盟関係にある国のひとつだ。広い国土を利用した農業国である。同盟国といっても様々だがカレリアはイオとは友好的な関係を保っている。

「カレリアのある先住民族がおまえさんに施されたような隠し彫りを得意としていたらしい。残念ながら失われつつある技術、ってことらしくて、今ではそれができるようなひとはほとんどいないらしいんだが。それでもその先住民族を研究している教授ってのに会ってきたんだよ」

「そ、それで……？　ヒュウゴ、それから……？」

クロエより、ジンのほうがヒュウゴに食いついた。身を乗り出して、ヒュウゴに聞く。

「まあまあ、慌てなさんな。話はここからだ」

ヒュウゴは苦笑してジンを制する。クロエはそんなジンを見て少しうれしくなった。彼はいつでも自分のことを本当に心配してくれている、そう思えたからだ。

ジンがクロエを傷つけたのははじめのたった一度きりで、あれ以来けっしてクロエを傷つけるような言葉は口にしたことがない。誠実にクロエを愛してくれている。

「それを消す方法ってのはないのか、と聞いたんだ。するとだな、その隠し彫りを研究している博士がいると聞いて行ってきた。……で、話をあまり長くするともったいつけるなって怒られるから結論を言うが、可能性として、子どもを産めば消える、ってことだった」

「子ども……?」

ジンとクロエは顔を見合わせた。今まで逃亡生活を送っていたふたりだ。子どもがいると身動きが取れなくなるとのことで、ふたりの子どもは欲しかったが我慢をしていた。

今日だって、トワとヒュウゴの子たちを見て羨《うらや》ましく思っていたところだったのに。

「ああ。なんでも妊娠すると、ホルモンの関係で消えるんだとかなんだとか。妊娠できねえ野郎の彫り物の消し方はこの際関係ないから深くは聞かなかったが、妊娠できる女性やオメガについては、妊娠するとほとんどが消えるらしい。……ってことだ」

「え……じゃあ……」

クロエはジンの顔を見ながら、口を開いた。

これまで言いたくても言えなかった願望を言ってもいいのだろうか。

「ジン……俺……赤ちゃん、産んでも……いい？　俺……赤ちゃん欲しい……ジンの赤ちゃん、産みたい」

おずおずと震える声でクロエはとうとう口にした。

嫌がられるだろうか。反対されるだろうか。不安な気持ちになりながら、クロエはそれを言う。

するとジンはやさしい笑顔を浮かべながらこう言ったのだ。

「もちろん。……もちろんだ、クロエ」

それを聞いて、クロエは両手で顔を覆う。

諦《あきら》めていたものが手に入ったような気分だった。

しかし、懸念もある。

「消えたら、もう逃げ回る必要がなくなるけど……。でも消えなかったら」

ヒュウゴが聞いてきたのはあくまで可能性の話だ。その話に確証はない。もし、妊娠しても消えなかったら。

とたんにクロエの顔が暗く曇った。ついつい願望を口にしてしまったけれど、リスクがないわけではない。

だが、ジンはきっぱりと言った。

「それでも今までと同じだ」

「今までと同じじって、だって……赤ちゃんがいたら……もしそのときまたあいつらに追われたら……俺と赤ちゃんはジンの足手まといになる」

常に不安がついてまわるような生活を生まれてくる子どもに負わせたくはない。

だが、クロエの不安をジンは次のひと言できれいに払拭《ふっしょく》した。

「足手まといになんかならないさ。俺の守るものが増えるだけだ」

「ジン……」

頼もしいジンの言葉にクロエは喜びに打ち震える。

「うれしい……赤ちゃん、欲しかったから……俺」

親代わりはいても、本当の親がいないクロエに血の繋《つな》がった家族ができるかもしれないと思うと、うれしさがこみ上げてくる。妊娠できる、できない、それはまだわからない。

だが、可能性があると思うとそれだけで十分満足だ。

「守るものが増えれば、おまえらももっと強くなれるさ。俺たちも応援してるし、いつでも力になる。なあ、トワ」

「もちろんだよ。俺たちにできることがあったらなんでも言って。いっぱい頼ってね」

「だとさ。だから安心しろ」

ヒュウゴがそうクロエとジンに声をかけると、それまでテーブルの側《そば》で遊んでいたエルヴィとリーチャが駆け寄ってきて声を揃えた。

「エルヴィも！　おうえんする！」

「リーチャも、おうえんするの！」

そんなふたりの子たちをクロエはぎゅっと抱きしめる。

「応援してくれるの？　ありがとう、エルヴィ、リーチャ。俺、勇気が出たよ」

ヒュウゴやトワ、それから彼らの子どもたちの温かさがうれしくて、クロエは胸がいっぱいになる。

「ずっと……ずっと憧《あこが》れてたんだ……。俺にはヒュウゴたちのように……こういう暮らしはできないと思ってた」

本当は子どもが大好きなんだ、とクロエはとびっきりの幸せな笑顔を見せる。

そんなクロエをジンが愛《いと》おしそうにやさしく見つめていた。

あとがき

こんにちは、淡路水です。

このたびは「黒豹中尉と白兎オメガの恋逃亡」をお手に取ってくださり、ありがとうございました。このお話は「狼獣人と恋するオメガ」に出てきましたウサギっ子、クロエのお話になります。そう、いわゆるスピンオフというやつですね！　そして私のはじめてのスピンオフです。お話をいただいたとき、本当に飛び上がって喜びました。なんといってもスピンオフや続編を書くのが憧れだったので、念願がかなってすごくうれしいです。

クロエのお相手は不器用な黒豹さん。トワとヒュウゴのお話とは違って、少しせつなめのストーリーになりました。でもこのお話から、「狼獣人～」へと繋がっていくので、よかったらまた前作に目を通していただけたらうれしいなと思います。

今回もイラストは駒城ミチヲ先生にご担当いただきました。可愛く美しくそしてかっこいいふたりを描いていただけて、とても幸せです。本当にありがとうございました！

皆様にもどうか楽しんでいただけますように。

淡路 水

ラルーナ文庫

この本を読んでのご意見・ご感想・ファンレターなどお待ちしております。〒111−0036 東京都台東区松が谷1−4−6−303 株式会社シーラボ「ラルーナ文庫編集部」気付でお送りください。

本作品は書き下ろしです。

黒《くろ》豹《ひょう》中《ちゅう》尉《い》と白《しろ》兎《うさぎ》オメガの恋《こい》逃《とう》亡《ぼう》

2019年5月7日　第1刷発行

著　　者｜淡路《あわじ》水《すい》
装丁・DTP｜萩原 七唱
発 行 人｜沓 仁警
発 行 所｜株式会社 シーラボ
〒111-0036　東京都台東区松が谷 1-4-6-303
電話　03-5830-3474／FAX　03-5830-3574
http://lalunabunko.com
発　　売｜株式会社 三交社
〒110-0016　東京都台東区台東 4-20-9　大仙柴田ビル 2 階
電話　03-5826-4424／FAX　03-5826-4425
印刷・製本｜中央精版印刷株式会社

ISBN978-4-8155-3211-6